U0021856

無限長的旅行

在路上與文學
重新相遇

林瑞昌Domingo　著

達利《神曲》——〈啟程〉仿作　　　　　繪者：多多

我命令把我的馬從馬廄裡牽出來。我的僕人沒聽懂。我自己走到馬廄裡去，按上馬鞍，跨上了馬。

我聽見遠處傳來號聲，我問他怎麼回事，他一無所知，甚至什麼也沒聽到。他在大門邊攔住了我，問道，主人，你到哪兒去？我不知道，我說，只想離開這裡，只知道要離開這裡，不斷地拉開與這裡的距離，只有這樣才能達到我的目的。那麼你是知道你的目的地了？不錯，我已經說過了，離開這裡，這就是我的目的。

你沒帶乾糧，他說。我根本不需要，這旅途非常漫長，假如我在途中得不到吃的，那我非餓死不可。帶多少乾糧都救不了我。幸虧這是一次真正長得不得了的旅行。

〈無限長的旅行〉——法蘭茲・卡夫卡 極短篇

目錄
Contents

潮濕的記憶

《異鄉人》

阿爾及利亞機場

異鄉人

　　降落在蓋爾達耶（Ghardaia）機場，正好是黃昏時刻，似乎剛剛結束了一場雨，螺旋槳機翼背後的天空被殘存的陽光抹上奇異色彩。這裡是撒哈拉沙漠邊緣一座小城，此時遠方城市裡的百家燈火已被夕陽點燃了，陌生的國家，陌生的風景，給人一種唯有在旅途中才會被喚醒的異鄉感。

　　攤開地中海地圖，法國和義大利在北邊，非洲大陸在南邊，圍繞著地中海的非洲國家有摩洛哥、利比亞、突尼西亞和埃及，其中還有一大塊土地，那是陌生的阿爾及利亞，面積 238 萬平方公里，世界排名第十，人口約 4,200 萬，歷史上曾經被阿拉伯帝國、鄂圖曼土耳其帝國佔領，後來殖民這塊土地的是法國，從 1830 年起到阿爾及利亞獨立戰爭結束，

整整有 132 年之久。

　　蓋爾達耶位於阿爾及利亞中部，離首都阿爾及爾有一段距離，需要 1 個半小時的飛行，那一趟北非 15 日之旅已經接近尾聲了，但我一直到面對著撒哈拉邊城這一片黃昏景象時，心裡才浮現《異鄉人》這本小說，從小小的碧綠的記憶深潭底緩緩升起，想起了阿爾及爾是卡繆的出生地，他 47 歲過世的時候，阿爾及利亞仍然是法國殖民地，當時獨立戰爭還沒有打完。

　　或許你的書架上也有一本《異鄉人》。我在高中時第一次翻開這本書，薄薄的，只有 100 多頁，像一本詩集，年少的我以為會讀到類似這樣的句子：「我達達的馬蹄是美麗的錯誤，我不是歸人，是個過客」。

　　年輕的閱讀，是個美麗的錯誤。

　　卡爾維諾在《為什麼讀經典》中說，經典就是常聽到我正在重讀，而不是第一次讀的書，他也提到年輕時的閱讀：

　　「經典便是，對於那些讀過並喜愛它們的人來說，構成其寶貴經驗的作品；有些人則將這些經典保留到他們可以最佳欣賞它們的時機再閱讀，對他們來說，這些作品依然提供

了豐富的經驗。

事實上，年輕時代的閱讀經常沒有太大的價值，因為那時我們沒有耐心，無法專注、缺乏閱讀技巧，或者是缺乏生命經驗。

年輕時代的閱讀可能具有養成作用，因為它為我們未來的經驗提供形式或外形，為這些經驗提供模式、處理方式、比較說法、分類系統、價值等級、美的範例……

成年之後再重讀這些作品時，我們會重新發現這些不變的事物，它們如今已經成為我們內在機制的一部分，儘管我們已經忘記它們從何而來。作品中包含一種特殊的力量。

它或許會被遺忘，不過卻在我們身上留下種子。」

《異鄉人》出版將近 80 年了，活得比卡繆還要長，這本存在主義文學的經典之作，可能讓人覺得有點嚴肅，注定是屬於小眾的純文學領域，但根據法國擁有百年歷史的伽利瑪出版社內部統計，在文學類別的法國小說銷售排行榜中，第一名是《小王子》，第二名是《異鄉人》，第三名的作者還是卡繆，正是他那本赫赫有名的《瘟疫》。

沒有詩人鄭愁予的惆悵與浪漫，也不碰觸旅行者「人在

他鄉」的異鄉感。卡繆講的是荒謬，人存在的荒謬，沒有上帝，沒有輪迴，沒有末世，也沒有來生，所謂的一生就是從出生到死亡的一個乏味過程，人要如何自處？《異鄉人》試著為這個問題提出解答，卡繆說，唯有認知到「荒謬」這一個真相，人才能找到活著的價值。

什麼是荒謬呢？

高更晚年在大溪地完成了他一生中最重要的一幅畫，作品命名為「我從哪裡來，我是誰，我要去哪裡？」有時，我們在日常中也會有一種異鄉感，某些片刻感到自己是局外人、陌生人，並不是被親人或朋友所排斥，而是一種說不上來，彷彿並不屬於這個世界的奇異感覺，純粹是一種自處的困惑。

北非之旅最後一天，我們又回到了阿爾及利亞首都，走在阿爾及爾的街道上，我低頭徘迴，試著想像卡繆自處的困境。

這座北非的城市，曾經是法國的第四大城，主要的信仰是伊斯蘭教，城市建築有教堂也有清真寺，一般民居的造型有阿拉伯風格，當地人稱為卡斯巴，中文的意思是土堡，市場裡有椰棗、鷹嘴豆、橄欖、長棍麵包，巷弄間遇爾會遇見

包著頭巾外出的虔誠穆斯林婦女。今日我走過的街道，當年卡繆也一定常常經過吧？在這裡生活了 20 多年的他，對故鄉的一切，應該是感到自然、親切又熟悉，為什麼阿爾及爾在他的文字中出現時，是一個陌生城市的形象，彷彿卡繆跟我這位初到此地的旅人一樣，心裡懷著無以言喻的異鄉感？

年輕的閱讀是一顆種子。

人生行旅，來到卡繆《異鄉人》的故鄉時，我已是二個孩子的父親。

巴黎左岸

卡繆與法國

2

那一年蜜月，我們在巴黎短暫居停。塞納河左岸很好閒逛，路過擺滿水果的小雜貨店，新鮮而喜悅，來到花神咖啡館，我找了一張沙特可能坐過的桌子。

40天的歐洲旅行，特別難忘夜臥火車的經歷。雙人臥鋪車廂很小，一人一床，沒有浴室。我們簡單梳洗過後，已經很疲倦了，也就早早熄燈。

我躺下後沒有睡著，開了手電筒，打開旅遊筆記本想寫些東西，筆記本第一頁貼著一張黑白超音波照片，是我們的Baby，還沒有名字。照片上其實只有圓圓小小的一個白點，瞧久了，我卻彷彿可以

看見孩子熟睡時微笑的臉龐。

　　拿起筆，想要把心情寫下來，只寫了潦草幾行字就繼續不下去了，可能是因為搖搖晃晃的火車一路向前，滾動的車輪不停擊打著鐵軌發出規律而單調的聲響，從聲響中滲透出了猶豫。

　　手電筒的微光勉強推開了黑暗，把我和我的猶豫包圍在一團黃色的光裡，突然間有一個醒覺，人生旅程，正在馬德里與里斯本之間。

　　筆記本上，這樣寫著：

　　4 月 5 日，深夜，清明節。不知今日台灣是否有雨，我在火車臥舖上寫字，火車晚間從馬德里出發，正往里斯本前進。妻子小小的身子縮在睡袋裡，像一個蛹。我們的小小孩子縮在妻子肚子裡，才三個月，大概也像一個蛹一樣，在睡與醒之間，在初始與出世之間，在馬德里與里斯本之間。

　　《異鄉人》小說以第一人稱寫成，描述的是一個簡單的故事。

莫梭殺了人，被判了死刑：

「今天，媽媽死了，也或許是昨天。我不知道。我收到
養老院的電報：母歿。明日下葬。我向老闆請二天的假，葬
禮過程中，媽媽的朋友們哭了，我沒有流淚。葬禮結束後，
我隔天去游泳，遇見了瑪莉，我們看電影、過夜，生活又回
到了常軌。鄰居皮條客雷蒙，邀請我和瑪莉去海邊度假，海
灘上有一群阿拉伯人起了衝突，我拿著雷蒙給我的槍，打死
了一名阿拉伯人。陽光非常刺眼，我又連開了四槍。

被捕之後，漫長的審判，我被宣判死刑。我三次拒絕神
父探視，因為我不相信上帝。我期望行刑那天有很多觀眾，
以怨恨的吶喊迎接我。」

莫梭不認罪，也不願意依照基督教傳統向神父懺悔，他
坦然接受死刑，而且還希望很多人來看他的死。

年輕時讀《異鄉人》，留下了許多納悶，小說的文字淺
顯易懂，也沒有什麼旁徵博引的典故，不解的是主角莫梭從
頭到尾都很冷漠，他殺人沒有動機，被判了死刑沒有抗辯，
他為什麼死前不想懺悔？甚至一心期待公開處決時有很多人

來觀看，用怨恨的吶喊來迎接他？

　　人們往往把卡繆和沙特、西蒙・波娃、畢卡索，這些活躍在 50、60 年代法國巴黎藝文界的「明星們」聯想在一起，如果沒有回到他的原鄉，回到他的出生地，我可能也不能理解為什麼他會寫出這樣一本《異鄉人》。阿爾及爾這座城市沒有浪漫的巴黎鐵塔，沒有柔情的塞納河，城市中高高聳立的是一座內戰紀念碑，紀念他們的獨立戰爭，以及隨之而來的多次內戰，這塊土地的記憶是傷痛。

　　卡繆是殖民地出生的法國人，對於母國來說，他是局外人，也是異鄉人。他十多歲第一次去法國是旅行，多年後再去時則是逃難，那時納粹德國已經攻佔法國，卡繆在阿爾及利亞的身份類似灣生（日本統治時代在台灣出生的日本人），出生在非洲殖民地的法國人被稱為「黑腳」，意思是身上流著法國白種人的血，但是站在非洲土地上的腳是黑的，充滿了歧視和嘲諷。

　　另一方面，身為殖民階級法國人的他，相對於被殖民者而言，卡繆也是局外人，更是一種陌生人，阿爾及利亞居民多數是阿拉伯人和北非原住民柏柏人，信仰伊斯蘭教，語言、文化、歷史、生活習慣，都和一海相隔的歐洲法國截然不同。

《異鄉人》的法文書名是《L'Étranger》，這個字詞本身就有陌生和局外的涵義，40 年代翻譯成英文版本時，美國出版商翻成了《The Stranger》：陌生人，在英國的翻譯則是《The Outsider》：局外人，一直到今天，英文版本依然存在著這兩種不同的譯名。書名翻譯不能統一的處境，似乎也是一種荒謬。

　　沙特初讀《異鄉人》時，當下就斷言這是一篇傑作，當時他還不知道誰是卡繆，沙特說：這位年輕作家的文字風格斷裂性很強，他的小說就像列島一樣，不是一塊大陸，他所創造出來的文句是孤島式的文句。

　　卡繆出生在 1913 年，隔年父親在一戰的戰場上過世，母親耳朵漸聾，照顧他長大的舅舅講話也是支吾難解，也許在這樣語境長大的卡繆，文字讀起來才總是讓人有著難以言喻的疏離感、冷漠感。

　　17 歲時罹患了肺結核，差點死去。原本是運動健將的他，染病後始終懷著隨時會離世的心理準備，肺結核也糾纏了他一生。二次婚姻，第一任老婆外遇，跟家庭醫師暗通款曲；娶第二任老婆不久後二戰爆發，想從軍的他因為肺結核被軍隊驗退，好不容易考上了教職，也因為這病被取消教學資格，

一手創辦的阿爾及爾共和報，則是隨著納粹德國的入侵而結束發行。這樣的活著，寫作《異鄉人》時的卡繆會感到疲累嗎？會感到荒謬嗎？他的愛情、健康、家庭、事業。他的無能為力，他在法國殖民地上的一雙黑腳。

1942年，《異鄉人》在法國正式出版，29歲的他幾乎在一夕之間成為歐洲文學界閃耀的大明星。《異鄉人》一開始寫成時不是一本書，而是三本：一本小說、一個劇本、一篇哲學散文，分別是《異鄉人》、《卡里古拉》、《薛西弗斯的神話》，合稱為荒謬三部曲。

《異鄉人》講死刑，《卡里古拉》也在講死亡，《薛西弗斯的神話》藉由希臘神話中不斷推石上山徒勞無功的薛西弗斯，來闡述卡繆自己的創作理念和荒謬哲學。

1960年元月新年假期，伽利瑪出版社老闆邀請卡繆和家人一起到法國南特度假，假期剛過，準備要返回巴黎，原本卡繆已買好回程的火車票，不知何故臨時了改變主意，他讓老婆和小孩按照原定計畫坐火車回去，自己則坐上出版社老闆的車回巴黎，在回途中不幸撞上了一棵樹。卡繆車禍身亡時，口袋裡還有一張回巴黎的火車票。他的逝世對整個法國文壇和全世界都是一個大新聞，這麼年輕的一個諾貝爾文學

獎得主，一顆文學新星突然因為一場意外而殞落了。

小說家阿城曾經和侯孝賢導演討論過創作的形式與內容，所有的藝術必須要有一個形式，內容建立在這個形式之上，才有辦法找到創作的自由。阿城說：「找到了限制，就找到自由。」比如，要先理解鋼琴全部有88個黑白鍵的限制，才有辦法在音樂創作上找到自由。如果用河水跟河床來比喻，河床的存在是必要的，河水才有流淌的地方，河水成流，才是自由，反則就是淹大水，氾濫成災。

同時他也在講理性思維，知性就像是人的脊椎，所有的感性都是脊椎外面的肌肉，沒有知性的脊椎，感性的肌肉就沒有辦法被支撐起來。

「找到了限制，就找到自由」，這句話或許可以帶我們進入卡繆的世界。卡繆文學的核心是荒謬，人活著就是一種荒謬的狀態，這是無可改變的一種限制，然而，你必須先找到人的限制，如此才能夠找到人的自由。

布拉格舊城廣場

遵循自我的完整意識

　　我第一次到布拉格，是失戀的 26 歲，在盧森堡時我們分手。接下來是意外的一個人的旅程，我經曼汗到慕尼黑停留一晚，繼續往東北方前行進入德捷邊境，火車載我與我的憂愁抵達布拉格這個神秘難解的城市時，已經是半夜 12 點 1 月寒冬，我就在外星球一樣的斯拉夫語火車站逢人便問，請問哪裡可以住宿，請問你聽懂得我的意思嗎？

「瀑布失去馬蹄聲音／琴師埋葬年輕的弦
　美麗月光／撒下
　鹽

我們全裸／展覽傷口」

讓我漸漸能靜下來的是伊凡・克里瑪，他的文字平實而耐讀，讓人有一種腳踏實地的力氣，在《布拉格精神》中有一篇卡夫卡小說專論：〈刀劍在逼近〉，他說卡夫卡一生，就活在對親密的恐懼和對孤獨的恐懼之間。

後來，我回到台灣找了一份旅行社的工作，開始帶團去捷克，每一年去布拉格 10 次或 20 次，將近 8 年的時間，這座卡夫卡的城市是我在歐洲的家，天文鐘上的雕像在夜裡經過時會偷偷對我眨眼，查理橋上的每一顆石頭都清楚認得我的鞋。

《異鄉人》小說中間藏著一個更荒謬的故事，這個故事設定的主角是捷克人。捷克，卡夫卡出生的那個國家。

這個「小說故事中的故事」在講什麼？被捕之後，莫梭關在監獄裡經歷了漫長的審判，最終被判處死刑。在執行之前，他在牢裡胡思亂想，想著他還沒入獄的片刻時光，目光巡視房間裡的所有細節，漱口杯、床單、牆壁，有一天他發

現睡的床板上黏貼著一張紙，那是之前某個不知名的牢友從報紙上撕下來的一篇新聞報導，那篇報導寫了這樣一個社會事件：「一個男人離開捷克小村到外地闖天下。25 年之後，賺了大錢，帶著妻兒回到故鄉。」

讀這段小說中的文字，可以看到卡繆寫《異鄉人》的語法，他沒有交代太多細節，如同沙特所說的，字跟字之間的斷裂感很強。報導繼續寫道：「他母親和妹妹在家鄉開了一家旅店。他為了給她們驚喜，將妻兒安置在另外一家旅館，自己到母親的旅店去。他進門時，母親並未認出他來。他想開個玩笑，便突發奇想訂了一個房間，還亮出錢財。夜裡，母親和妹妹拿榔頭殺了他，偷了錢財，把屍體丟到河裡。到了早上，他的妻子來了，在不知情的情況下說出了旅人的身分。」沒想到居然把自己的兒子、哥哥殺掉了，接下來他寫：「母親上吊自殺，妹妹投井自盡。」

故事結束。

這則報導簡直就是一個精采的殺人小說極短篇，卡繆在被判死刑的殺人犯的小說裡面，說著另一個關於殺人的故事，

情節的本身而且比《異鄉人》主角莫梭的故事更荒謬。那個從捷克小村離開的捷克人，沒有人名，也沒有角色的背景，情節看起來荒誕不經，發展過程卻又合情合理。

卡繆似乎非常喜歡這一則「故事中的故事」，這個捷克人的命案報導後來成為了他《誤會》這齣名劇的故事原型。

未知死，焉知生。被槍打死的阿拉伯人，被法官宣判死刑的莫梭，被家人聯手殺掉的捷克人，然後是投井自盡的妹妹，上吊自殺的母親，你會發現卡繆的作品都圍繞著「死」，因為這是人永遠無法逃避的終點。

應該把《異鄉人》當成是卡夫卡的一篇小說來讀，莫梭不是一個「真人」，而是一隻「甲蟲」。

卡夫卡早於卡繆 30 年出生，在一戰之後過世，最有名的小說是《變形記》。卡夫卡的《城堡》、《變形記》也是我年輕時閱讀的一顆種子，在布拉格的故居前，當我知道了他並不單單只屬於波希米亞時，種子冒出初芽的一剎那，漸漸可以明白卡夫卡的荒謬性從何而來，那是猶太人 1,000 多年寄居在歐洲的處境，也是波希米亞在德國殖民下的失語處境，以及他個人本身獨特的性格交織而成，才寫出這麼荒誕的作品。

翻開卡夫卡的《變形記》，主角一覺醒來發現在床上難以翻身，因為他變成了一隻甲蟲，他驚疑不定：我怎麼變成一隻甲蟲了？上班遲到怎麼辦？（你都已經變成甲蟲了，還在擔心打卡上班？）爸爸和妹妹發現了，覺得家中有一隻甲蟲實在是一件丟臉的事，千萬不能讓鄰居或客人發現，因此就把變成甲蟲的哥哥的房門緊緊上鎖。故事的最後，哥哥病弱死去，家人於是便開開心心去郊外旅遊。

以閱讀卡夫卡小說的視角來閱讀《異鄉人》，你可以假設莫梭就是一隻甲蟲，他仍然是現實生活中的人，他有名字，有女朋友、鄰居，會去海邊度假，犯罪也跟一般人一樣必須接受法院的審判。卡繆創造出莫梭這個角色，披上了一襲甲蟲的荒謬外衣，我們如果刻意去忽略莫梭的冷漠態度和不合理行為，就當他本來便是一隻「怪得很正常的甲蟲」，如此一來，我們就更能夠關注在小說的內核意涵，透過莫梭、透過這隻甲蟲，卡繆要講的是，人最應該珍視的，是自己的完整，是意識的完整。

每個人一出生，就被宣判了死刑，死是生命唯一的終點，是不可改變的一種必然，活著的本身就是一種荒謬。而當你覺察到這一個荒謬的現象，你不應該輕易屈服於他人捏造的

道德、律法、宗教，母親死了可以選擇不落淚，死前可以選擇不向神父懺悔，你掌握到完整的、清醒的意識，就可以像薛西弗斯一樣，當推上山頂的石頭又往下滾的時候，你意識到了這樣的徒然無功，意識到了存在的荒謬，但你依然可以選擇當一名「反抗者」，不向命運妥協。

人最應該珍視的，是自己的完整意識。

在那本哲學散文《薛西弗斯的神話》裡，卡繆自言：莫梭對人生的毫無意義有了完整的意識。我們全都像是被判了死刑，坦然面對壓迫著的命運，卻不因而向它妥協。

知道了這個世界的荒謬，接受了這個世界的荒謬，如此，我們便可以敞開自身，面對世界柔靜的冷漠，人最可貴的是完整的意識，任何人為的虛假律法、道德或宗教都沒有資格來破壞。

因此在《異鄉人》小說結局，莫梭希望所有人都來看我的死刑，希望讀者們都能看清楚這場死刑演出的真正意義：我掌握了我完整的意識。

在《卡里古拉》劇本裡也是一樣，主角彷彿也在戲裡正

告：我是暴君，我是羅馬皇帝，我創造出叛軍們來決定我的死，死是一種必然，但我可以坦然面對自己的命運，甚至我也可以安排自己的終局。

卡繆的文字內涵不是荒謬主義，而是存在主義。

人類在工業革命之後創造了許許多多的機器，彷彿我們也是造物者一樣，可以創造機器亞當和夏娃，可以命令機器挪亞為人類打造一艘又一艘方舟，載來越來越多的財富，人發現自己的力量越來越大，甚至可以超越大自然。同一時期，在思想上，神權已經沒落，尼采宣稱上帝已死，歐洲進入第二個文藝復興時代，再次產生了人本主義的思潮。工業革命跟啟蒙時代來臨的年代，人們從鄉村移動到都市，左鄰右舍寒暄問候的機會少了，在工廠裡的崗位上孤獨的工作時間多了，人與人越來越疏離。

卡夫卡小說內容的荒誕，有一部份反應的是這種疏離感。經歷過第一次世界大戰後，生活的荒誕，昇華成生命的荒謬，上帝們已經不存在了，沒有來生的盼望，沒有來世的審判，那人活著到底是為了什麼？「我從哪裡來，我是誰，我要去哪裡？」這是高更的疑惑，也是存在主義者的探索。

卡繆從來不承認他是存在主義者，但是他的小說已是公認的存在主義的代表作。他在訪談、演講、文章都一再強調「我不是存在主義者」，過世前，他的小說《反抗者》出版，因為這本小說的理念而跟沙特產生衝突，漸漸也離開了花神咖啡館的社交圈。

《異鄉人》出版之後，80 年來已被翻譯成 60 多種語言，法語版超過 1,000 萬本，暢銷且長銷的程度在法國跟《小王子》等量齊觀。如果說 20 世紀最重要的思潮是存在主義，其中最重要的代表作就是《異鄉人》，而這本小說甚至超過了「存在主義」的時代限制，自身成為了「無所不在」的文學經典。

鹿港龍山寺

4

為己而生的人生態度

　　休假回彰化老家，就近到鹿港走走。今日龍山寺，無香客，無蟬鳴，戲台有風，樹有浪濤，200多年的屋廊安安靜靜，細看龍山寺木造建築，越看越驚奇，原來小時候無聊嬉戲的廟堂，隱隱然藏著世界等級的宗教藝術。

　　年輕時候喜歡王家衛的《花樣年華》，看了好幾遍，是因為吳哥窟的小小壁洞。電影片尾，周慕雲獨自一人來到了吳哥窟的石壁下，對著一個小小的壁洞說話，喃喃傾訴，無聲而惆悵，像懺悔，像告解，像祈求，像怨懟，把心裡頭無限的心事，全埋進洞裡去。而後填上一把泥土，離開。

「吳哥窟收容了周慕雲的無限心事，
是否也能稍稍熨平我無處傾訴的憂愁？」

　　年輕時，我如此天真地想。後來去了，只記得陽光很烈，沒有得到慰藉。

　　今日上午，靜默的龍山寺，廊柱之間收容的是清朗的風，收容了中年遊子的鄉愁，收容了無限心事，頗為意外，給了我一種生命安頓的歸屬感。

　　北非之旅結束之後，有一天在台北逛書店，發現一本《尋找異鄉人》新書，內容描述卡繆《異鄉人》從孕育到誕生的整個過程，讀起來簡直跟偵探小說一樣精采。書裡有一張地圖，甚至整理出了當時手稿在納粹佔領下輾轉流傳的動向。

　　好不容易突破封鎖，終於把《異鄉人》和《薛西弗斯的神話》一起寄給了出版社，編輯驚為傑作，認為非出版不可，然而，當時的巴黎是佔領區，雖然法文出版依然可以運作，但是最後的審核往往還是得通過某個德國軍官，編輯寫信問卡繆，這兩本我們都要出版，但是有一章關於猶太人卡夫卡

的創作，是否可以刪去？

在這本《尋找異鄉人》中，有一篇賴香吟的序文，讀來令人感動，文章標題是「敞開自身，面對世界柔靜的冷漠」，這行句子來自於小說的最後章節，當莫梭準備迎接死刑之時，小說的最後一個段落這麼寫：

「如此接近死亡的媽媽，應該覺得解脫了，準備一切重新活過。沒有人，沒有人有權利為她哭泣。我也是，覺得自己準備好一切重新活過。

剛才爆發的怒氣好似排除了痛苦，抽離了希望，面對這充滿徵象與星子的夜晚，我第一次對這世界柔靜的冷漠敞開自身。」

莫梭拒絕神父來幫他做最後臨終之前的禱告，拒絕透過告解讓上帝來救贖他的靈魂，然而在行刑之前，神父依然擅作主張前來冒犯，莫梭憤怒了，整部小說只有這一個當下的情緒被刻意強調。發怒過後，他其實也就平息下來，可以面對夜空，面對世界柔靜冷漠的景象，然後敞開自身。

初讀《異鄉人》的年紀，年輕的我在書架上還有一本《蒙

馬特遺書》。26 歲的邱妙津在蒙馬特自殺，她把遺稿整理成了《蒙馬特遺書》，交給了她的好朋友賴香吟。過了很久很久以後，賴香吟寫了《其後》，記念她和她們：所以，這並不是一本關於五月的書，而是關於我自己，其後與倖存之書。

再讀回這篇序文，她在最後一個段落，先引述《異鄉人》的結尾字句：

「……我發現這冷漠和我如此相像、如手足般親切，我感到自己曾經幸福，現在也依然幸福。」

接著她說：

「這是異鄉人的末段，矛盾的字詞，冷熱互斥的態度，八十年後，在這病亡與春天並存的三月，我似乎又多懂了幾分，不是知識上，而是身在其中的明白。」

攝影師布列松（Henri Cartier-Bresson）在 1944 年拍下了卡繆 31 歲的樣子，立領冬衣、咬著香菸、意氣風發，當時卡繆已出版了《異鄉人》與《薛西弗斯的神話》，震動了整個

法國文學界。卡繆在這張黑白照片中，散發出動人的生命力，常常讓我想起了陳列那篇散文〈無怨〉的最末一句：

當天地間萬物貫注於生長的時候，似乎其他的什麼都不值得怨恨和記掛了，最該珍視的是自己的完整。因此，我開始自覺得如此溫柔，如此強健，如此地神。

乾燥的美

《金閣寺》

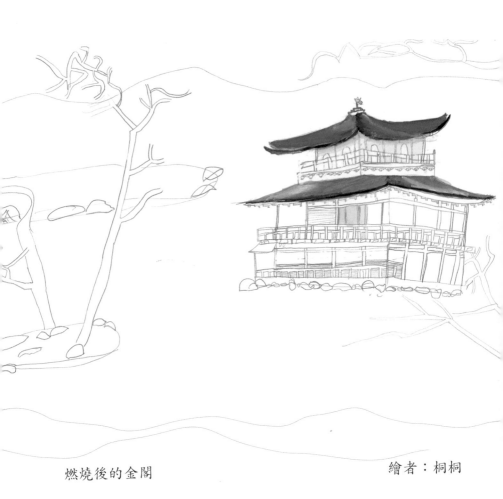

燃燒後的金閣

繪者：桐桐

金閣寺

每一個去京都看金閣寺的旅人，心中都有兩座金閣寺。

我和媽媽的第一次日本旅行，那時父親還在，我們相約一起去看金閣寺。父親一路上對於京都街道的乾淨讚賞不已，特別喜歡禪寺庭院枯山水的寂靜之美，我們聊著在日治時代長大的早逝的爺爺，聊著德川家康和杜鵑的故事，聊著日本清酒、抹茶和壽喜燒，跟著人群走進了庭園，遠遠地，先望見金色屋頂，但看不清楚屋頂上那隻鳳凰，繼續沿著湖畔小徑而行，走向湖面的藍色天空倒影，雖是冷冷的冬日，但京都那年的雪還沒降下，迎接我們的是深秋的陽光。

避過一片茂密的樹叢，令人期待的驚嘆的美麗的金閣寺，

就出現在我們眼前了。

金閣寺本名鹿苑寺，1397年幕府將軍足利義滿在任時建造，周圍原本是將軍家族居住的宅邸，在足利義滿過世後，才由後人改為禪寺庭院。庭院中，最核心、最醒目的是3層樓木造建築，因為外觀貼滿了金箔，看起來金碧輝煌，因此自古以來就被稱為金閣寺，1994年列入世界遺產名冊。

不過，今天我們看到的金閣寺，並不是原本的金閣寺，在1955年重建過，為什麼呢？二戰後，1950年的夏天，一個見習和尚放一把火把金閣燒掉了，震驚了全日本，成為全國憤怒的新聞，這一位日本和尚名叫林承賢。

當時有一名作家，為了探討林承賢的犯罪動機，他專程跑到京都採訪，調查縱火犯的經歷、考察金閣寺周圍的景象、查閱警方筆錄、法院的審訊資料，最後也去到了林承賢的家鄉舞鶴。

這個新聞事件後來寫成了一本20萬字的小說《金閣寺》，以第一人稱行文，主角取名為溝口，這名作家的筆名你一定不陌生，他是：三島由紀夫。

為什麼要燒掉金閣？有人說，金閣是戰後日本社會對國

家認同焦慮的一個象徵。

二戰結束後，戰敗的日本社會面臨各種外來因素的侵入，美國的控制帶來民主改革，天皇的神格地位遭到否定。和平主義的觀念逐漸增強，取代了軍國主義，日本民族認同的傳統根基也被動搖了。

無數像小說主角溝口一樣充滿熱情的年輕人，失去了未來的方向和目標。這時的金閣寺，成為一個理想化的象徵，這個理想的內涵，就是戰前日本所有的榮耀和最崇高的價值：武士道精神。金閣寺和足利義滿，正好象徵著武士道精神的幕府時代。

武士道，如同歐洲中世紀的騎士精神，武士道精神也是一整套道德規範與哲學，追求義、勇、仁、禮、誠、名譽、忠義與克己。對武士來說，維護這些，比維持生命更為重要。而二戰之後，日本面臨的不只是經濟的大變動，更是思想的全面轉變和西化，國民靈魂深處的武士道精神失落、遺棄。

溝口在金閣寺看到的景象，寺廟裡和尚們的墮落沉淪，同伴柏木的無惡不作，都是這一時期人的灰暗心理現實的寫照。戰敗的陰影籠罩帝國大地，失去了傳統精神的依託，又無法在戰爭中與金閣同滅亡，溝口只有通過親手摧毀，來實

現悲壯的武士道理想。

　　然而，僅此一說並無法解釋小說中的那一則不斷出現的禪宗公案「南泉斬貓」，無法理解什麼是金閣的美，也不能明白三島在交付了《豐饒之海》最終章的稿件之後，帶領四名楯之會成員進到日本陸上自衛隊總監部以身殉道的動機。

　　透過小說，三島讓我們看到，溝口火燒金閣寺的背後，是他作為一個身體殘障者，從自我迷失和分裂，到尋找自我救贖的過程。《金閣寺》是三島「毀滅美學」的代表作，讀盡了金閣，其實也就讀盡了三島的內心。

　　「但願我心中的黑暗，也和包圍著眼前這片無盡燈光的黑夜同等份量。」我看著金閣寺，當下在腦中浮現小說裡記得很熟的這一行句子，但我只是存在心中默想。這是溝口眼前的京都黑夜景色，也是他決心燒毀金閣前的一次重要的自我心理建設。

　　此時，展現在我和父親母親眼前的，是沐浴在冬日陽光之中燦美的金閣寺，屋頂的鳳凰翱翔在靜止的時空，金色倒影在湖面上波光粼粼，彷彿也是一片無盡的燈光。

約旦佩特拉

三島由紀夫之死

1

　　隱身在滿地燈火之後的是法老寶藏神殿，鑿壁鏤空而成，名列世界七大建築奇蹟的 12 根希臘科林斯柱石，在晚風裡樣貌已經難以分辨。每一盞燈都是一根燭，包圍著一層白色臘紙，擋住了四面晚風的吹拂，一千盞燭火，不動如一千座小山，一千個冥坐如禪。

　　納巴泰後裔貝都因人，不知從何處吹起風笛，冥坐的我們被哀戚的笛聲漸漸喚醒，此時醒來的雙眼適應了黑暗，依稀可以看見那座玫瑰花色的神殿全貌了，高 40 公尺，兩千一百年。佩特拉在夜色掩護下，一瞬間又回到了羅馬帝國之前，穿過蛇道

的駱駝商隊都歇息了，古城三萬人。

再回到現世，晚風仍在。燈定人靜。

年輕時的三島由紀夫外表柔弱，寫作《金閣寺》前他已完成了第一次的環球旅行，到了希臘在雕像上看到了古希臘精神和肉體的美，回日本後開始肉體改造、瘋狂健身，練成一身健美肌肉的他還拍攝過模特兒寫真集，其中最為人知的一張攝影作品，靈感是來自於一張 17 世紀的歐洲油畫——聖塞巴斯提安殉道之死。畫中的聖塞巴斯提安是天主教著名的殉道聖人之一，生前是西元第三世紀的一位羅馬軍人，當時的羅馬帝國將基督教視為禁教，塞巴斯提安相傳是羅馬皇帝的戀人，長得非常俊美，後來被皇帝發現他私下信仰基督教，而且勸戒後也不願意改信，於是塞巴斯提安就被吊在樹上以亂箭射死，為了堅持基督信仰而不惜犧牲自己生命，死後被追封為聖人。

三島刻意模仿聖塞巴斯提安臨死前的姿態，以攝影作品重現這幅畫作，一方面展現他健身後陽剛肉體之美，另一方面似乎也是一則預告……塞巴斯提安為了基督殉道而死，而

三島心中也有他可以以死相許的「道」，日本的「武士道」。

　　本名平岡公威的三島成名很早，16 歲就出版第一本小說
《繁花盛開的森林》，他是小說家，也是劇作家、電影演員，
由貴族之後的祖母養大，養成了他早期的陰柔性格。三島求
學時期就讀的學習院是一所貴族學校，他對整個日本傳統，
以及天皇的價值認同，在早年就已經形成了，後來的他組織
了楯之會，誓言保存日本傳統的武士道精神，擁護天皇。對
三島而言，天皇不僅僅是一個人物或者王權的代表，而是日
本傳統文化和價值的終極象徵。

　　在半自傳性質的小說《假面的告白》裡，可以看出三島
帶著「面具」下的性慾掙扎，同性與異性之間的愛慾主題在
小說《禁色》裡則有更進一步的延伸，接著出版的《潮騷》
在日本大受歡迎，五度被改編成電影。《金閣寺》是他 30 歲
左右寫下的作品，於 1956 年出版。

　　如果要為三島由紀夫的創作生涯作一個分界，1956 年之
前的三島是日本的三島，1956 年之後的三島，就是世界的三
島。《金閣寺》被翻成英文出版後，很快就就受到國際文壇
共同矚目，三島由紀夫三度被提名入選諾貝爾文學獎，被譽

為日本的海明威。

幾乎所有三島的讀者，都會牢牢記住 1970 年 11 月 25 日這一天。

上午，三島寫好了最後一部小說《天人五衰》的故事結局，裝進牛皮紙信封，放在家中大廳桌子上等待出版社編輯部派人來收，這也是他苦心經營了六年之久的《豐饒之海》系列最後一部，前三部《春雪》、《奔馬》和《曉寺》都已經陸續在雜誌上連載發表過。三島成立楯之會後一直都和自衛隊保持著友好關係，事先已在這一天安排了一場和自衛隊總監的拜會，於是，接下來他按照既定計畫，親自開車載著四名楯之會的學生，順利進入了日本陸上自衛隊總監部，隨後在拜會時綁架了總監益田兼利陸將，脅迫他命令全體自衛隊成員前來廣場集合。

廣場上有自衛隊成員、報社記者、攝影師，空中盤旋著直升機監看整個事件的發生，一共 800 多人看見三島由紀夫穿著楯之會的米色軍服離開二樓的總監辦公室，站上了陽台，身旁是他的學生森田必勝，神情看起來非常緊張，三島頭上綁著一條白色頭巾，頭巾上有「七生報國」四個大字，學生在此之前已先撒下載明演說內容的《檄文》傳單，這時他站

到了陽台邊緣的牆柱頂，發表了他的簡短演說，其中重要的一段是：

「自衛隊是民族榮譽的靈魂所在！沒錯，要保衛日本！維護日本的傳統！我們的歷史與文化！維護天皇！

你們是武士嗎？你們是男人嗎？你們是軍人啊！那麼，為什麼你們要站在憲法那邊？你們所支持的憲法否定了你們的存在啊！你們之中會有人跟隨我一同奮起嗎？」

在三島的想像中，他發表這場演說，是希望能夠激發自衛隊這些人跟他一起發起行動，然而當下沒有擴音器材，現場夾雜著 800 多人的情緒和喧嘩，他真正的理念根本傳不出去，還沒到他們的耳朵裡就被鼓譟和叫囂給吞沒了。三島一臉嚴肅，高喊三次天皇陛下萬歲！結束演說，轉身回到自衛隊的辦公室，拿出他預備好的短刀，割腹自盡，結束了 45 歲的生命。

二戰結束之後日本再也沒有真正的軍隊，日本戰後的憲法規定自衛隊的武裝只能夠保護本土，讓日本再也不能夠有軍國主義者發動對外侵略戰爭，三島反對這樣的憲法，反對

喪失武士道精神的日本。

父親不認識三島由紀夫，聽了我說的故事，對於這樣的極端行為搖了搖頭不置可否，我們也去了清水寺，這是眾人皆知京都最古老的寺院，經過仁王門、三重塔、經堂，穿越侍奉千手觀音的本堂，沿著山路往前多走大約幾十步遠，回頭再看，依懸崖而建的清水舞台木質結構特殊而壯觀。也去了祇園花見小路，父親說，可惜沒能遇見藝妓的身影，都不知道是不是跟想像中上一樣裝扮，遠遠看上一眼也是好的。我自己的遺憾是沒有入住到「御三家」，京都旅館中名氣最大、歷史悠久的俵屋、柊家和炭屋，一直名列在全世界旅人的夢幻旅館清單上。父親說，沒有關係，京都這麼美，也許下回再來。當時我並不知道，這是我和父親的最後一次旅行。

御三家旅館中的柊家也因川端康成而聞名，川端創作《古都》時曾在此定宿了一段時間，柊家是他在京都的家。川端康成 1899 年在大阪出生，年紀比三島大了 26 歲，著名小說有《伊豆的舞孃》、《雪國》、《古都》、《千羽鶴》等，內容主要描寫的是日本的傳統，日本的美。

川端康成跟三島由紀夫，亦師亦友，三島為道殉身的決定，可以在寫給老師川端康成的信件中看出一些端倪。在《川端康成與三島由紀夫往復書簡》這本書中，彙整了他們 20 多年來的書信往來，閱讀時會發現作為老師的川端回覆給三島的信件比較簡潔扼要，畢竟川端是前輩，有時候是禮貌性的回覆，不太容易跟差了一個世代的晚輩講述心聲，然而，三島內心的文學告白沒有過多的掩藏，信件裡可以看出他的文學關懷和創作上的焦慮。

　　1945 年，二戰結束前夕，三島寫給川端的信中，提到每天面臨那麼多的轟炸，他有時躲在圖書館脆弱的桌子底下，覺得自己也許明天就死去了，許多同學入伍從軍可以在前線為國犧牲慷慨赴義，然而他卻因為肺病被軍隊驗退……。「假如明天我會死在炮火轟擊之下，那麼我真希望，今天就可以完成一篇具有真正文學價值的短篇小說傑作。」

　　什麼是活著呢？什麼是真正的活著呢？在朝不保夕的戰亂時代，敏銳的文學家對生命的感受跟你我都不一樣，櫻花，在最美的時刻凋落，是為物哀。從他們往來的書信，我經常可以輕易讀出這樣的一種人生況味——沒有來日，只有餘生。

巴塞隆納餐廳

精神和肉體
都成為
一座金閣寺

　　巴塞隆納最後一晚，下團前想靜靜吃個飯，在飯店附近找到了一家餐館。

　　窗戶旁的位置，先是一對年輕伴侶，女生很漂亮，我偷偷拍了一張。等到了上甜點，發覺座位上已經是一對老夫妻。

　　因為沒有看到前者離開，也沒有注意到後者進來，一時間的感受，這對情人就這樣在我眼前變老了。

　　能夠和相愛的人，一起吃飯，一起變老，真美。

　　余光中說：「凡是美，凡是真正的美，只要曾經美過，便恆是美，不為另一種美所取代。」

凡是認真過的每一段感情，都會變成果凍。凝結在心中成為某種意義上的，美的固體化。

　　時間如流，我們會因為已見了浩瀚的海，便徹底遺忘初見瀑布驚疑的曾經嗎？

　　我們會因為邂逅了相親相愛的任盈盈，便開始懷恨青梅竹馬的岳靈珊嗎？

　　涓涓小河，滔滔江水，只要曾經是流，便永恆是水；無論過去，無論現在，只要曾經愛過，便永恆是愛。

　　三島由紀夫的《金閣寺》，是一本關於「美」的小說，關於美的認識，以及認識之後的，對美的毀滅。

　　沒有來日，只有餘生。那麼，就讓餘生燦爛如櫻，在來日殉身於道。三島瘋狂健身、熬夜寫作、成立楯之會，他要讓自己在精神上和肉體上都成為一座金閣寺，然後親手燒毀自己這一座金閣。

　　《金閣寺》，是一封提前了15年就寫好的遺書。

小說主角溝口，天生患有口吃的殘缺，自小父親就告訴他世上最美的事物莫過於金閣了，當父親把溝口送進了金閣當自習和尚不久便離世，遺願是希望有朝一日溝口能當上金閣寺的住持。

在小說中，金閣的美實在太龐大了，美的存在、美的距離、美的無法擁有，逐漸成了溝口人生最大的難題，甚至成為了他和異性愛戀時的阻礙，每當他與女伴肉體接觸情慾高漲的關鍵時刻，金閣的意象就會出現！

1945 年二戰結束，當全日本跪著哭著聽著日本天皇的「玉音放送」時，在工廠裡聆聽停戰昭書的溝口，他滿腦子裡想的正是金閣的事。

「一回到寺廟，我便急匆匆地跑到金閣前。由於戰敗的衝擊、民族的悲哀，金閣顯得更是超絕非凡。或者是佯裝超絕非凡。金閣不時顯出的美中，卻從未出現過像今天這樣的美。金閣與我切斷了關係。這樣一來，我和金閣共存在同一世界的夢想崩潰了。美在那邊、而我卻在這邊的事態就此展開。」

美在那邊、而我卻在這邊的事態就此展開。這一段情節是整部小說的「起飛時刻」，溝口在此和金閣分道揚鑣，他計畫燒毀金閣的心理情節就此展開，《金閣寺》中的三島毀滅美學核心思想，同樣也在這裡「就此展開」了，如果想要了解三島的毀滅美學、了解三島的殉道自盡，就不能不特別留意「南泉斬貓」這則公案，在小說中，這則如同伊索寓言一般的禪宗公案，一共出現了三次。

第一次出現就在戰敗那日晚上，誦經完畢，寺廟裡的人全被換到老師的起居室，舉行講課。老師選擇的參禪課題，是無門關第十四則「南泉斬貓」，故事非常離奇：

唐代的時候，池州南泉山有位叫普願禪師的名僧，因山名的關係，世人亦稱他為南泉和尚。動員全寺人員割草時，發現這閒寂的山寺裡出現了一隻小貓。眾人出於好奇，追趕著這隻小貓，並把牠逮住了。

於是，引起了東西兩堂的爭執，因為兩堂都想把這隻小貓當作自己的寵物。

南泉和尚目睹這情形，突然抓住小貓的脖頸，握著割草的鐮刀，說：「眾生得道即得救，不得道即斬掉。」

眾生面面相覷，無一人敢自稱已修行得道，現場無一人回答，於是南泉和尚二話不說，就把小貓斬了。日暮時分，南泉和尚的得意弟子趙州回來了，南泉和尚講述事情經過，並問了他的意見。

　　這時趙州立即脫下腳上的草鞋，將它頂在頭上走了出去。

　　南泉和尚感嘆道：「唉，今天你在場的話，也許貓兒就得救啦。」

　　這個自古難解的禪宗公案，究竟說得是什麼意思呢？

　　溝口的老師如此解釋：南泉和尚斬貓，是斬斷妄念妄想，以此寓意斬斷固執己見。趙州把被人蔑視的草鞋頂在頭上，說明以寬容之心實踐菩薩之道。

　　延伸解釋的意思是，貓的美麗是造成爭執的障礙，就像金閣的美是溝口的障礙一樣，斬貓的寓意即是斬斷妄念和固執己見，因此溝口才需要燒毀金閣。這是菩薩之道，是天地運行的正道，應該以寬心以視，不必拘泥於一隻貓的無辜犧牲。

　　此外，趙州之所以把被人蔑視的草鞋頂在頭上，是要提醒美的本質乃是相互比較而來，卑賤的鞋子應該穿在腳上，

可是他卻故意放在頭上，就會被人議論，可是，究竟是誰規定鞋子必是卑賤之物呢？所謂的貴賤、善惡、美醜一旦先有了標準，接下來就會引起紛爭。用老子《道德經》的句子來說明，就是：天下皆知美之為美，斯惡矣；天下皆知善之為善，斯不善矣。

南泉斬貓這一則公案的討論，在《金閣寺》中第二次出現在溝口和同學柏木的對話之中。柏木天生內翻足，也是一位天生殘缺者，三島描寫他是一個反社會性格的現實主義者，人格卑劣但心思縝密。溝口心中有一個永恆的美，有一個金閣存在，可是柏木卻視萬物如浮雲，他最喜歡的是音樂，音樂演奏出來的美是一瞬間就會消失的，所以對他來講世界沒有永恆。

溝口每次想到或看到一個新的女性，總是會想到他的初戀有為子，有為子後來和一個逃兵的軍人殉情而死，溝口愛情的美一直有個精神的對象；但柏木是「善用」他的殘缺去博取一個又一個女性的同情，盡情享受男女肉慾之歡。三島刻意設定如此性格相反的兩位小說人物，是為了創造出一個對話空間，可以對照，可以思辨。

柏木說：那是令人毛骨悚然的公案呢。那隻小貓原本就

包藏禍心，貓很美，原本就是美的凝聚體，貓故意跳出來，目的就是為了造成紛爭。美可以委身於任何人，又不屬於任何人，美就好像齲齒，痛起來強調它的存在。斬貓就是拔牙。就算貓死了，貓曾經出現的美卻還在心頭繚繞不去。趙州認為世人目光短淺，斬貓根本無濟於事，把鞋子放在頭上正是為了嘲諷。

南泉斬貓第三次出現時，是在鶴川死後。鶴川是《金閣寺》主要三個主角之一，跟溝口一起在金閣當見習和尚，他代表著人性正直、理性、光明的一面，反對溝口和邪惡的柏木過度來往，多次警示溝口千萬要遠離他，這樣的好人卻橫死於一場車禍。

就在鶴川死後三年，有一天柏木把鶴川的信件給溝口看，這才知道真相，原來鶴川是為愛所困而自殺的，而且生前私下一直把柏木當成可以寫信訴說心事的朋友。同為一起當見習和尚長大的溝口非常驚訝，他自己從來沒有收過摯友鶴川的信，一封也沒有過。

柏木嘲笑著說：不同的認識，不同的認知，讓這世界變形了吧？你不覺得你所喜歡的美的事物，是在認識的保護下貪睡的東西嗎？南泉和尚是行動者，而趙州想說的是，美應

該是在認識的保護下入夢的東西。

溝口則說：讓世界變形的，絕不是什麼認識，什麼認知，是行動。只能是行動阿。美…美的東西，對我來說，是仇敵。

美是仇敵，必須付諸行動，必須用一把火去燒毀滅絕，不能在認知中自我妥協。在小說末尾，描述 1950 年韓戰爆發時，溝口如此斬釘截鐵地宣言：

「六月二十五日，朝鮮爆發動亂。世界確實在沒落、毀滅，我的預感果然應驗了。我必須趕緊行動。」

儘管柏木已經說過了，斬了貓，貓曾經出現的美卻還在心頭繚繞不去，燒了金閣，金閣的美還在。然而，讓世界變形的，絕不是什麼認識，是行動，只能是行動啊。

寫作《金閣寺》時，三島已經有了所有的來日都是餘生的意識，自己也是一座金閣，當他一生中的文學作品、凡身肉體、武士精神都來到豐美的境地時，如同櫻花在盛開時凋落，生命也應該在最美的時候結束。小說《憂國》在過世前四年改編成電影，由他自編自導自演，是一部只有大約 40 分

鐘片長的電影，主題是武士道跟切腹，三島在片中演出了武士切腹的一切過程細節，其實也是在預演人生壯烈的最後一刻。

面對戰後的日本，敗落的天皇神道與大和傳統，頹廢的西方物質生活，恥辱的憲法和自衛隊失去了武士道的道統…，三島必須行動，只能是行動阿。讓餘生燦爛如櫻，在來日殉身於道。如果將三島活著時的一切積極作為放在這個維度來理解，或許我們便能更明白、同理他的生與死。

日本名花之里燈海

空無一物的「豐饒」

　　年輕的時候，她去合歡山看過一場雪，後來她戀愛、結婚、懷孕，難產剖腹生下了我，當了我的媽媽。

　　她看過的第二場雪，是昨天下午，離開飛驒高山的路上，雪從天空飄下，降落在她的臉龐。

　　在這一片雪花與上一片雪花之間，一起看過金閣寺的丈夫走了，四個孩子成家後分居各地。看見她跟多多、桐桐在雪地中玩在一起，我眼裡有淚花。

　　昨日是雪，今夜看燈。

　　媽媽，很高興當妳兒子。謝謝妳陪我一起旅行。

「金閣是一艘渡過時間大海的美麗的船，黑夜一降臨，它就借助四周的黑暗，揚起如風帆似的屋頂啟航了。

挺立在屋頂頂端上長年經受風雨的金銅鳳凰，展開光燦的雙翅，永遠在時間中翔翔。」

溝口的父親從小對他說，人世間再沒有比金閣更美的東西了。每當我看見金閣時，我總會想起我的父親。

詹宏志在《讀書與旅行》中有一句話：「旅行和閱讀都是人生的延伸。通過旅行，可以短暫地變成一個異鄉人，等你回到家鄉，你也帶著異鄉的眼睛回來，變得比原來的自己更寬廣更富裕。」

其實，當人漸漸有了歲月，就不容易再一心追逐世間的風景。世界是一本讀不完的書，讀兩頁或讀二十頁，究竟又有什麼差別？此刻的我們，目的地是哪裡似乎不太重要了，更在乎的是一起旅行的人。

等到有一天，我們都老了，孩子都離開了，再去一次京都或巴黎，旅行是為了回憶年少的自己。

《豐饒之海》四部曲的寫作時間長達六年之久，記者問

乾燥的美

他，寫的是海洋的豐富生命嗎？三島笑了笑，回答說不是，豐饒海是月球上一片海洋的名字。

我們說人如其文，文如其人，是在說作家跟作品的關係，三島則是人文一體，人文合一。《春雪》、《奔馬》、《曉寺》、《天人五衰》，這四部小說裡有一個共同的主角名叫本多繁邦，故事講的是四世輪迴，或許在三島的思想裡，也有來生的盼望。《金閣寺》在結尾時有一個反轉，原本計畫要和金閣同歸於盡的溝口，當他看著滾滾濃煙和沖天的焰火，他掏了掏口袋，取出小刀和包在手帕裡的安眠藥瓶往谷底扔去，他心想：我要活下去。這是三島留給讀者的一絲溫柔。

月球上的海，空無一物的虛無，名曰豐饒。《豐饒之海》四部曲，三島由紀夫安排了本多繁邦從青年到老朽，扮演了古典能劇中嘲諷、警惕的「狂言」角色，同時也是小說人物設計中的「讀者代表」，讓我們見證四世情仇於外，也讓我們無法自拔深陷其中。

遺世之作《天人五衰》結局是他留在世間最後的文字：

「那也是因心而異罷了。」
一陣久久的默然對坐。接著，住持尼肅穆地拍了下手，

隨身弟子應聲出現在門口俯下身去。

「來一次不容易，請觀賞一下南園吧！我來為您帶路。」

弟子再次拉起要當嚮導的住持尼的手。本多像被操縱那樣站起身，跟著兩人穿過幽暗的書院。

弟子拉開拉門，引本多進入緣廊，寬闊的南園頓時展現在眼前。綠草如茵的庭院以後山為背景，在炎炎烈日下閃閃耀眼。

「今天一早就有布穀鳥叫呢。」年紀尚輕的弟子道。

草坪邊緣長著一些樹，大多是楓樹，從中可以窺見通往後山的柴扉。雖時值盛夏，楓樹卻已經紅了，從綠叢中燃起火焰。幾塊園石悠然點綴著綠地，石旁開花的紅石竹一副楚楚可憐的情態。左面一角有一眼轆古井。草坪中間有一深綠色瓷凳，一看就知被曬得滾燙，怕是一坐上去就會灼焦。後山頂上的青空，夏雲聳起明晃晃的肩。

這是一座別無奇巧，顯得優雅、明朗的庭園，唯有數念珠般的蟬聲在這裡回響。

除此之外沒有其他聲音，一派寂寥，園裡一無所有。本多想，自己來到了一個既無記憶也別無他物的地方。

庭院沐浴著夏日無盡的陽光，悄無聲息……

《豐饒之海》完
昭和四十五年十一月二十五日

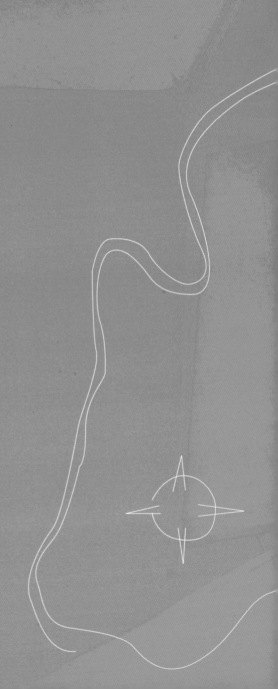

新馬可波羅遊記

《看不見的城市》

絲路、馬可波羅與月光之城拉雷奇　　　　　繪者：多多

看不見的城市

　　幸運選到窗邊的位置放空發呆，有時單純移動也可以是一段旅程，窗外是平平無奇的熟悉景色，輕易換來了安頓的心情，我回想起年輕時一個人的歐洲鐵路旅行，大概所有認真過的人生往事，在流逝的時光裡久了，都釀成了鄉愁的一壺酒。硬石、枕木、鐵軌、車輪，接力上傳入耳的單調聲響催人入夢，長長的鐵道向前望去，看見未來的路無窮無盡。

　　新冠肺炎疫情來得又猛又急，各國邊境差不多在 2020 年的 3 月就全都關閉了，鎖國、封城、居家隔離，然後這個世界就這樣跟著安靜了下來，既定的出國計畫因而全部延期或取消，幸好台灣疫情相對緩和，在島內還能自由來去。接近中秋的時候，受邀參加了一場集集小鎮地方創生的專題演講，

好久沒在台灣坐火車了，於是買了台鐵的票提前一天出發，從台北車站一路慢行前往赴約。

在二水站轉車，正好搭乘到石虎彩繪車廂，秋天的夜晚，沁涼如水，集集到站後一起下車的只有三兩旅客，小小車站在晚飯後也不管票了，月台上有幾位散步乘涼的小鎮居民。

火車走了，一時捨不得離開月台，我找了張長椅坐下。好安靜的小鎮。

九二一地震之前，也是秋天的夜晚，那時集集舊車站尚安然健在，學校開學了，但我還在環島旅行的路上，還在車站的月台上，憂愁同班的阿根廷女同學是否已收到我寄給她的羅大佑，也憂愁今晚的帳篷搭在車站外頭好還是車站裡面好，當時跟攝影社學長借了相機和腳架，背包裡放了一本卡爾維諾的《看不見的城市》。今宵酒醒何處？楊柳岸，曉風殘月。如今想來，曾經有過的青春憂愁、任性生活，竟也是歲月裡一種奢侈的幸福。

義大利作家伊塔羅・卡爾維諾生於古巴哈瓦那，他奇特而充滿想像力的寓言作品使他成為20世紀最重要的小說家之一，我讀的第一本卡爾維諾小說是《如果在冬夜，一個旅

人》，不知道被誰借走，或者是遺落在彰化老家的書堆裡，我最喜歡的是這本《看不見的城市》，書中透過馬可波羅和皇帝忽必烈的對話，描述了在蒙古帝國裡一個又一個像夢境一樣根本不存在的虛幻城市。這麼多年來，這本小說也是被我放進行李箱裡次數最多的一本書，與其說是一本小說，不如說是一本散文詩，帶在路上讀的時候，你會發現它讓人很容易專心、又很容易分心，在旅行途中「分心」很重要，如果帶上的書太令人著迷，怕是沿路的風景也就跟著黯淡了。

這本書介紹了歷史上從來不曾存在過的 55 個城市，每個章節只有短短兩到三頁的文字，當你閱讀某個虛構城市的敘述時，文字會喚醒覺察的能力，打開旅人的眼睛和耳朵，讓人更期待即將到來的遠方，55 個看不見的城市，有 55 張天方夜譚的魔毯，載著讀者神遊到世界上的各個城市的角落。

《看不見的城市》也可以說是一本現代版的「馬可波羅遊記」，這一回馬可波羅的東方旅行路線不是絲綢之路，而是走進了小說家虛構而成的奇幻世界網絡，我曾經在歐洲看過某個義大利文版本的小說封面，顛倒的城市懸吊在地表之下，地平線上有一位孤獨的旅人在廣袤無邊的沙漠踽踽前行，他看不見也嗅不到一座繁榮璀璨的城市竟然隱藏在這片褐黃

色沙漠的下方。

歷史上的馬可波羅是威尼斯人，也有人說他出生在達爾馬齊亞海岸的科楚拉島，這座小島今日位於克羅埃西亞境內，每年吸引不少觀光客前來此地朝聖堂堂一代大旅行家的故居。威尼斯、阿瑪菲、比薩、熱那亞，是中世紀義大利的四大海洋城邦共和國的首都，自古以來與拜占庭帝國、阿拉伯帝國通商交易，充滿東方世界色彩，自外於歐洲大陸發展出獨居一格的海港文化。羅馬帝國在西元 476 年殞落，那時是日耳曼民族大遷徙的亂世。所幸北方日耳曼人不懂海洋不懂船帆，羅馬城鎮居民拋下了美麗的水道橋、列柱廊大道、浴池和劇場，紛紛逃往安全的地方。

往北逃命的羅馬人選擇淺灘潟湖之地，打下幾萬根木樁建造了威尼斯；跌跌撞撞向南跑的羅馬人選擇了背靠險峻山壁的狹窄海岸，無數的山徑、階梯、穿廊，創建了一座立體迷宮之城：阿瑪菲。相傳是馬可波羅的出生地科楚拉島，一度就屬於阿瑪菲共和國的勢力管轄範圍。

1271 年，父親和叔叔帶著年少的馬可波羅從威尼斯出發，在東方世界遊歷了整整 24 年之久，最後授命護送蒙古公主出嫁才踏上歸途，終於在 1295 年時回到了威尼斯。回鄉後，

馬可波羅在一次海戰中被俘擄，關在熱那亞的監獄裡，那時年老的他口述一生炫目迷人的旅行經歷，由獄友魯斯蒂謙以普羅旺斯語寫成了《馬可波羅遊記》，這本遊記很快地在歐洲流傳開來，翻譯成各國不同的語言，不但成了中世紀西方世界的暢銷書，也是一本歐洲人理解東方世界和古老中國的「旅行聖經」。

蒙古四大汗國的忽必烈於 1271 建立元朝，正好就是馬可波羅從威尼斯出發的那一年。卡爾維諾在《看不見的城市》這部小說的設定自始至終就只有兩個主角，一位是旅行家馬可波羅，一位是元朝皇帝忽必烈，這本書是關於他們的對話紀錄和互動情境，馬可波羅叨叨絮絮地說，忽必烈安安靜靜地聽。

東方皇帝住在元朝大都的皇宮深院裡，西方旅行家所經歷過的那些城市，他其實連一個都沒有去過，到了小說的中後段，聆聽已久的皇帝不禁這麼地想：我眼睛所看不見的城市，是真實存在嗎？或者純屬虛構？忽必烈彷彿是不耐煩的讀者在挑戰自以為是的作者馬可波羅一樣，忽必烈說：

「我不知道你怎麼有時間去遊歷你向我描述的所有國

度。在我看來，你根本就沒有離開過這個花園。」

接著，皇帝進一步地猜想：

「也許我們之間的對話，是發生在兩個綽號為忽必烈與馬可波羅的乞丐之間。」

寓言的文體，城市的意象，哲思的語言，戲劇的情節，不斷地往返於真實和虛構之間，不停地穿梭於敘事和論述之間。《看不見的城市》是一本難以揣度、令人想一讀再讀的小說。

特洛吉爾小鎮 　　　　　　　　　　繪者：桐桐

結構與符號

特洛吉爾（Trogir）是一個小到不能再小的 16 世紀古城，逛個一小時就會覺得無處可去無景可取，然而歐洲小鎮的魅力，往往就在你熬過乏味時刻之後才開始綻放。

某年 9 月連續去克羅埃西亞，小小特洛吉爾半個月來了兩次，城門、教堂、廣場、鐘樓、雕像，沒有一處值得停留驚嘆。大隱隱於市，特洛吉爾需要你停下觀光客的腳步，放下獵奇的鏡頭，不看店家的櫥窗，不管羅馬還是威尼斯的歷史，特洛吉爾需要你找一條巷子，需要你像一隻母貓一樣蹲坐下來，需要你打個盹，如果你夠幸運，這時特洛吉爾

會跟你說聲，嗨。這是旅人的魔幻時刻。

開始覺得走在每一顆都被磨得發亮的石頭路上，也有極大的樂趣，從一扇窗戶下穿過，彷彿也能得到了救贖與寬恕，接著在下個巷口轉彎的地方，站著一位風韻猶存的女畫家，你看見畫架上正落筆簽名的這幅畫是如此鮮明如此熟悉，不是你的前世，是你的今生，剛剛經過的一條小路。

羅馬帝國之前的歐洲就存在著一種古老的職業叫做「吟遊詩人」，在凱爾特社會中扮演重要角色，也可以說是第一代的媒體人。在那個連文字都還沒有的古老年代，人們要如何宣傳重大的訊息呢？必須用口述、講唱等方式來作為資訊的載體，起初吟遊詩人是部落領袖、貴族的歌頌者，由統治者和權貴所眷養，一方面為統治的正當性扮神弄鬼、歌功頌德，一方面也在執政命令頒行時去各地進行大外宣。有些吟遊詩人一開口就忍不住加油添醋，不但會加入了自己的意見和想像，也會添增了四地收集而來的民間故事，畢竟一場成功的宣講必須要引人入勝、舉例說明，於是媒體人也就成為了說書人。這種演變到了莎士比亞的時代，說書人進一步變

成了演藝人員，以劇場為家的莎士比亞在英國被稱為「雅芳河畔的吟遊詩人」（The Bard of Avon）。

　　吟遊詩人的講說唱吟，是戲劇和小說虛構故事的起源，吟遊詩人肩負傳遞訊息的任務必須遊走各地，因此也成為了第一代的旅行家。遊記，打從一開始紀錄的就不單單只是旅人見聞和行蹤，同時包含了政治的包裝、權力的立場、私人的虛構和慾望。

　　遊記在伊斯蘭文獻裡被歸類為 Rihlah，阿拉伯文的原意是「移動、離開」，也意指「追求知識的旅程」，常和「奇風異俗」與「傳奇」作品並列，是指一種旅遊觀察報導，後來也發展成宗教文學，特別指的是朝聖之旅，因為伊斯蘭教徒一生遵守教義，盡可能要前往麥加朝聖至少一次，去麥加朝聖的移動也就成了一趟一生中最重要的旅行。

　　在阿拉伯世界有一位非常有名的旅行家，名叫伊本·巴杜達（Ibn Battutah），這位 14 世紀的旅行者走過的里程數是馬可波羅的三倍，歷史學家還整理出他在旅程中所遇見的各國人物，光是有名有姓的就超過 1,500 個。他是摩洛哥丹吉爾出生的柏柏族人，年輕時前往麥加朝聖之後，伊本·巴杜達決定不回家了，他繼續向未知的東方旅行，靠著步行、駱

駝、航船，走過印度、錫蘭、馬爾地夫、蘇門達臘，晚年返回家鄉口述一生的旅行經歷，為世人留下了一本《伊本・巴杜達遊記》。

我的書櫃上也有一本《伊本・巴杜達遊記》，他比馬可波羅大約晚 30 年出發，書中記錄當他抵達中國時，驚訝地發現：杭州是世界上最大的城市，這裡的雞比家鄉的鵝還要大！

如果說遊記本身就是吟遊詩人的遺產，是一種講述文學，是民間傳奇的總整理，是心懷宗教朝聖的崇高任務，一切都依賴作者的遙遠記憶口述，那麼遊記中究竟有多少真實，多少虛假呢？

《看不見的城市》延續了遊記的真實成分，講的是歷史上確實存在過的馬可波羅和忽必烈，但卡爾維諾僅僅保留了這唯二的「歷史人物真實」，其餘的內容全都是遊記虛構成分的極致發揮，並且一下子就超越了奇風異俗、民間傳奇的固有範疇，在《看不見的城市》裡，馬可波羅為我們講述了 55 個不存在的城市，一共有 11 個主題的命名，分別是記憶、眼睛、符號、名字、慾望、死亡、天空、貿易、連綿、隱匿和輕盈，而這些主題在書中依序出現的順序，有一種結構性的關係，透過作者的精心安排反映了結構與符號的形式趣味。

卡爾維諾的創作意圖和文字魔法還不止如此，小說裡有一段對話：

　　破曉之際，馬可波羅說：「陛下，我已經告訴您我所知道的一切城市了。」忽必烈說：「還有一座城市你從來沒有提過。」馬可波羅低下了頭，忽必烈說：「威尼斯。」馬可波羅微笑了：「每次我描述某個城市時，我其實是在說有關威尼斯的事情。」

　　南方朔在《帕洛瑪先生》的導讀中，為這本帶有卡爾維諾自傳性質的小說提出了精準的釋義：「它是個晶體，當我們遠觀，似乎見到了它的型態，但愈接近，卻發現各個切面閃爍，幾至無跡可尋。」是的，讀卡爾維諾的小說可以發現許多閃閃發亮的切面，有時折射出歷史的一角，有時折射出當下的社會，有時看到的是讀者自己的內心。要進入卡爾維諾的文學世界，建議不要第一本就讀他最有名的後設小說《如果在冬夜，一個旅人》，龐大複雜的後設迷宮往往會把初識的讀者給困住，令人不知今夕何夕、天涯何處。卡爾維諾不是傳統文學意義上的作家，他的文學跨界到天文學、幾何學、

符號學、數學等領域的範疇，內容包羅萬象，而且不斷突破小說創作的形式、挑戰人類語言的極限。

欣賞卡爾維諾，較好的選擇是從這本《看不見的城市》開始啟程，書中的每一座城市都用義大利女性的名字來命名，溫柔而細膩，在 11 個看似認真而嚴肅的主題裡，讓我們翻開小說閱讀「輕盈的城市」其中一段文字，來感受一下作者獨具一格的詩意：

「現在我要說明蛛網之城奧塔維亞（Octavia）是怎麼建造起來的。兩座陡峭的山之間，有一個懸崖：城市就懸在半空中，依靠著繩索、鍊條和甬道，綁縛在兩邊山頂上。你走在細小的木製繫結上，小心翼翼，不讓腳步踩空，或者你緊抓著大麻揉製的繩索。在底下，深有好幾百呎，空無一物：只有幾朵雲飄過；再往下探，你可以瞥見那佈滿深坑的河床。

城市的基礎就是一張既是通道，又是支柱的網。其他的一切，並不是向上建造，而是往下垂掛：有繩索、吊床、像袋子一般的房舍、吊籃一般的平台、裝水的皮囊、煤氣燈頭、鐵叉、細繩上籃子、升降的食物輸送機、蓮蓬頭、小孩玩耍的高空鞦韆和吊環、纜車、吊燈。以及攀爬的植物盆栽。

雖然懸掛在深淵之上，奧塔維亞居民的生命，卻比其他城市的居民還要安定。他們都知道這網只能維持這麼久。

　　——輕盈的城市之五」

希臘天空之城梅特歐拉

記憶之旅

　　初見希臘的梅特歐拉修道院群，發現真實的存在比小說的想像更輕盈。

　　梅特歐拉修道院如今僅存六座，最險峻的是位於 560 公尺岩山上的特里亞達修道院，曾是《007》電影的拍攝地，這附近也成為了歐洲人攀岩運動的一處勝地。

　　Meteoro 是希臘語，意思是飄浮在空中之物，複數詞為 Meteora，中文音譯為梅特歐拉。14 世紀起，遁世的東正教修道士們懷著宗教狂熱來到此地，在光禿禿的獨立岩石山頂上，前後興建了 24 座不可思議的修道院，就為了把塵世隔絕在外，修士們

渴望的一生，是沉靜冥坐、禱告抄經的隱居生活。

　　當俗世人經過梅特歐拉之時，抬頭看見一座又一座獨立岩山上的紅瓦建築，不禁驚嘆這是上帝所建的天空之城嗎？

　　我第一次讀到輕盈的城市奧塔維亞，那時還沒有出國的經驗，跟著卡爾維諾的文字去旅行、去想像，建構了我對這個世界一種既虛幻又真實的期待：

　　「優鐸西亞（Eudoxia）向上、向下伸展擴張，有彎繞的小巷、階梯、死路、小屋；阿吉亞（Argia）和其他城市不同的地方，是它以泥土代替了空氣；天文學家被招喚來為培林希亞（Perinthia）的基礎制定規則，他們根據星辰的位置安排地方和一天；在瑞薩（Raissa），生活並不快樂。人們走在街上，絞扭著雙手，咒罵哭泣的小孩，依靠在臨河的欄杆上，並且對著他們的寺廟緊握拳頭；啟程，朝東方走三天，你就抵達了狄歐米拉（Diomira），城中有六十座銀色圓頂，各種神祇的銅像，街道鋪上了鉛板，還有一座水晶劇場……」

閱讀的當下，你知道書中所描寫的這些城市在現實世界中並不存在，卻依然被文字帶來的城市真實感給深深吸引，城市的名字也許轉眼已經忘記，一幕幕的地理景觀、情境描繪從此印在腦海裡，幻想也許未來的某一天某一趟旅程，在路上突然彼此相遇。

然而真實世界的城市，有時反而比小說的虛構還像虛構。後來的我，經常在重讀《看不見的城市》時，分心去回想我親眼看見過的神奇之城，來跟書中看不見的城市虛實對應，如果比照小說的方式，特地在城市的中文地名後加註拉丁字母，這些城市看起來簡直就是另一本《看不見的城市》：失落之城馬丘比丘（Machu Picchu）、天空之城希臘梅堤歐拉（Meteora）、地下蟻城土耳其凱馬克利（Kaymakli）、鹽與水晶之城波蘭維利奇卡（Wieliczka）、撒哈拉綠洲之城蓋爾達雅（Ghardaia）、蘆葦浮島的的喀喀湖（Titicaca）、岩石教堂迷宮拉利貝拉（Lalibela）……

如同虛構小說一般存在的國度，我最難忘的是衣索比亞，一個充滿魅力的非洲國家，無論再怎麼遊歷豐富的旅人，踏上這塊土地依然會感到無比驚豔。

衣索比亞大約有 85 個種族，最特別的是唇盤族，女人從

13 歲左右開始割開下嘴唇，打掉門牙，裝上陶盤。男人說，陶盤越大的女人越美。衣索比亞正教，最古老的基督教之一，是埃及科普特教會的分支，教徒不分男女都批上白袍，與外邦人區別。有一回我們準備離開貢達古都僅存的老教堂時，教堂門口有名婦女正要走進，她虔誠低垂著頭，像是田裡低垂的麥穗。

衣索比亞是世界咖啡的原鄉，至今依然保留了人類咖啡歷史最古老的喝法，在衣索比亞的街頭喝一杯咖啡，如同在進行一場神秘的宗教儀式。如果你跟我一樣喜歡喝手沖精品咖啡，可以考慮衣索比亞杜瑪索莊園的日曬豆，入口有淡淡黑莓香氣，隨溫度緩坡而降如品嘗水果拼盤，口感上卻又乾淨如茶。

此外，還有比肩「世界七大建築奇蹟」，迷宮一般的拉利貝拉岩石教堂群。

12 世紀的衣索比亞國王拉利貝拉，在三天不醒的大病中夢見神喻，上帝說，耶路撒冷在岩石裡，你要在你的國，建立我的殿。國王醒來後，在海拔 2600 公尺高處找到了夢境裡的大岩石，下令三萬石匠開始鑿山，24 年的時間，三萬把雕刀三萬隻鐵槌，從岩山之中雕刻出了 11 座石頭教堂。

最美的是排列第七的聖喬治教堂，向下鑿深 15 米，俯瞰是一個正十字架形狀，建築外觀以挪亞方舟為意象，教堂內部鏤空，天光從窗戶從門進入，四根柱子象徵四福音書，柱頭上是縱橫交錯的羅馬圓拱。

拉利貝拉，傑作中的傑作，教堂中的教堂。萬里長城、泰姬瑪哈陵、佩特拉、羅馬鬥獸場、里約耶穌像、奇琴依察、馬丘比丘，在世界七大建築名單中，你找不到拉利貝拉的名字。因為拉利貝拉不屬於人，屬於神。

有時在飛機上仰頭看著小螢幕裡的異國地圖，世界好大，有十個、一百個、一千個陌生的地名，如何正確發音都不敢肯定；低頭翻開手中的小說，馬可波羅正向忽必烈報告一座新城的樣貌，這個城市的名字是 Armilla，那個城市的名字是 Positano，哪一座是小說中的虛構，哪一座又是真實世界的存在呢？

對我而言，《看不見的城市》最美的章節是探討記憶主題的篇章。在記憶中，真實往往和虛構想像混淆在一起，無意識重組後的記憶比真實的經歷更難忘、更耀眼。

「在六條河與三座山之後，聳立著左拉（Zora），一座

讓見過的人永難忘懷的城市。左拉乃是一點一滴停留在妳的記憶裡，一條條街道、一棟棟房舍、一扇扇門窗。

這座無法抹去的城市像蜂巢一般，我們每個人都可以將想要記得的事物，存放在一格格的小蜂房裡：名人的姓名、美德、數字、蔬菜和礦物的分類、戰役的日期、星座、演說的片段。

但是，我出發尋訪左拉，卻徒勞無功：為了更加容易記憶，左拉被強迫要靜止不動，永保一致，左拉因此凋萎了、崩解了、消失了。大地已經遺忘了他。

——城市與記憶之四」

流傳已廣的《馬可波羅遊記》原本就是一本記憶之書，當他被關在牢獄時已垂垂老矣，根據老年回憶口述而來的東方見聞，馬可波羅身上沒有隻言片語的文字筆記可以佐證，也找不到任何一位旅途中的同伴可以覆議，至少24年，8,000多個日夜，記憶有多少真實，多少虛構呢？

馬可波羅的起點是威尼斯，終點也是威尼斯，他對大汗說：每次我描述某個城市時，我其實是在說有關威尼斯的事

情。

「……所以，你的旅行其實是記憶之旅！」大汗總是耳
尖，每次在馬可波羅的言語間捕捉到嘆息的跡象時，就從他
的吊床中坐起。他會喊道：「你走了那麼遠，只是為了卸除
懷鄉的重擔！」

卡爾維諾透過皇帝忽必烈提醒了身為讀者的我們，《看
不見的城市》也是一本記憶之書，這一趟虛構旅程是馬可波
羅的「真實」記憶之旅。

普羅旺斯薰衣草田

旅行是一場看見「看不見的城市」和看見自己的過程

城市與記憶。

城市是河床，記憶是河水，城市收納易逝的記憶，成了記憶的堡壘。

我記得，那一年清晨，大約是6點，我在杜布羅尼克飯店商務區借了一台電腦上網，正搜尋著上午要導覽的歷史資料，手機傳來一則簡訊。媽媽說，驗孕紙是兩條線，懷孕了。

我原本敲打電腦鍵盤的雙手瞬間有點麻木感，沒有經歷過，不知道如何整理這樣的感覺，飯店電腦桌旁邊是一片大落地窗，正對著杜布羅夫尼克舊城，那天早晨雲層有點厚，然而還是透出一點天光，

我看見一隻孤獨小船緩緩從外海返回港口，躍動的心於是跟著小船的速度，慢慢，慢慢地安靜了下來。

也許父親就像港灣，迎接新生命如一隻行進緩緩的小船。

然而孩子的成長是射出去的箭，女兒的童年在飛行中離父親遠去。

艾倫・狄波頓在《旅行的藝術》中說，旅行最美好的部分，是出發前的期待。這本書中的第三章標題是「鄉村與城市」，在這個章節他安排英國詩人華茲華斯來當我們書中的「導遊」，帶領我們親近大自然、為我們解說什麼是旅行。

華茲華斯擅長描寫大自然，他的詩常常是詠嘆一朵雲飄過眼前、一朵小雛菊在春天開花、一隻鴿子從身旁踱步而過，艾倫・狄波頓說：

「湖光山色是他力量的泉源，由於這種經驗，他信誓旦旦地表示，某些自然的影像可以常存在我們心中。這美麗的影像一旦進入我們的意識，就會與我們的困境形成對比，而

能夠安慰我們。華茲華斯稱這種自然經驗為『時間點』。」

　　因此，他鼓勵住在倫敦等大都會的人多去親近大自然，城市非常擁擠不堪，人們在欣賞自然風光時可以獲得能量，當你感受到心情愉悅舒暢時，記得要把這個「時間點」好好留存，當我們日後遇到人生困頓，這些「時間點」可以提取出來，成為我們的慰藉。

　　「時間點」的英文原文是 Spots of Time，或許也可以翻譯成「吉光片羽」。在大自然中、在旅行中、在生活中，一切珍貴而愉悅的體驗都值得我們認真去覺察，這些生命中美好的吉光片羽我們應當保存下來，像卡爾維諾的記憶之城左拉一樣，存放在一格格的小蜂房裡，豐富我們的人生，也成為我們在困境時內心的一股泉源、一股力量。即使記憶會凋萎、會崩解、會消失，會被大地給遺忘。

　　《看不見的城市》是一本書中之書，挑戰了我們對虛構小說的看法，顛覆了傳統小說的角色和情節，透過馬可波羅和忽必烈兩人的對話，向我們展現了 55 座個城市的模樣，讓我們看見輕盈、看見天空、看見符號、看見慾望、看見記憶，

其實也是看見自己。

　　「雖然懸掛在深淵之上，奧塔維亞居民的生命，卻比其他城市的居民還要安定。他們都知道這網只能維持這麼久。」這一行描寫奧塔維亞居民的句子，不也是敲著我們的額頭，要我們珍惜眼前、活在當下的一種提醒？

　　幾次的隨手翻閱，有一回我在書中有一個驚喜的發現，《看不見的城市》其實還有一座城市，出現在第五章首，那是皇帝忽必烈的夢中之城：拉雷奇。

　　馬可波羅說：

　　「您夢中的城市是拉雷奇。它的居民安排了這些在夜晚天空裡休息的邀請，期望月亮因此應允城中的每樣事物成長和永遠成長的力量。」

　　「有件事你不知道。」大汗加了一句：「月亮為了表示感謝，賦予拉雷奇一項稀有的特權：在光亮中成長。」

無限長的旅行

《文燁》

教父

　　赫根冷漠地說：「我想你可能不太了解狀況。柯里昂先生是強尼・方檀的教父。這是非常親密而神聖的宗教關係。」

　　沃爾茨聽到赫根提到宗教二字，便低下頭表示敬意。

　　赫根又說：「義大利人有個小笑話，說是世道險惡，一個人必須要有兩個父親來照顧他，因此他們才有教父。」

　　──《教父》馬里奧・普佐

新冠肺炎疫情爆發前，我的最後一趟旅行是南義大利西西里島之旅，最後幾晚在巴勒摩，已經是山雨欲來風滿樓的氛圍了，找了好幾個藥局和大賣場都買不到口罩，新聞報導傳來消息，我們既定的回程航班已經被義大利政府拒絕入境，該怎麼辦呢？當下只能走一步算一步，我們先從巴勒摩飛回羅馬，辦理市區飯店入住，晚餐餐廳安排在梵蒂岡附近，我心裡正憂愁著，沒有什麼胃口，獨自在餐廳外頭遊魂似的亂走，剛下完雨的羅馬老城，地上濕濕滑滑，石板路走起來更加艱難，不知不覺一個人來到了大教堂廣場前，只見廣場上立了兩個高大巨碩的銀幕，原來是天主教教宗正在聖彼得大教堂裡舉行祈福彌撒，透過視訊傳遞而來的祈禱聲，低語喃喃，一時之間我被某種奇異的宗教氛圍給籠罩著，一方面因為莊嚴肅穆的宗教氣氛心靈有所慰藉，一方面依然擔憂著疫情的蔓延發展，同時也懷想著昨日西西里島藍天綠地的鄉土風景，以及期待平安回台灣後有一碗熱騰騰的白飯，心理情緒的明明暗暗、腦中畫面的來回切換，實在有點電影蒙太奇，宛如電影《教父》片尾快速剪接的鏡頭⋯⋯

　　《教父》系列電影是跨時代的影壇經典，故事的原鄉就

在義大利西西里島。西西里不是義大利，西西里是西西里。不管我去過了幾次，依然被它與生俱來的危險與豐饒所迷惑。

西西里島是地中海上最大的島，面積有 2.5 萬千平方公里，人口約 500 萬，自古以來屬於希臘文明的一部份，歷史上比義大利所有的城邦，如威尼斯、米蘭、佛羅倫斯、比薩……等都還要久遠。這裡一直以來被稱作為地中海的十字路口，乃是貿易必經之地，也是兵家必爭之地。正因為如此，政權一再更替，甚而被當成殖民地看待，經歷了希臘、迦太基、羅馬、拜占庭、阿拉伯、諾曼、神聖羅馬帝國、西班牙、奧地利的統治，直到 1861 年才加入了義大利王國，成為了現代義大利的一部份。

《教父》電影一共三集，第一、二集在 1972、1974 年接連上映，像一陣狂風橫掃全球票房和奧斯卡獎項，第三集則意外地沒有趁勝追擊，而是靜悄悄相隔 16 年之後，才在 1990 年跟全球影迷見面。時至今日，《教父》的影響已經超越影視娛樂的圈子，往外滲透進全人類的文化裡，在生活中，我們經常聽到、看到、碰觸到這種「教父文化現象」，比如在日常對話中出現：「我會提出一個他無法拒絕的條件」、「離你朋友近些，但離你敵人要更近」、「女人和小孩能夠粗心

大意，但是男人不行」，這些經典台詞相信你也感到耳熟能詳，各類影劇作品中的引用、諧仿或致敬更是層出不窮，其中令人最印象深刻的是電影《電子情書》，劇中梅格·萊恩好奇地問：「請問教父對你們男人到底有什麼意義？」湯姆·漢克這樣回答：「教父是男人的易經，是智慧的總和，是一切問題的答案。」

《教父》系列能成為影史上的巔峰之作，兩位重量級人物缺一不可，一位是導演法蘭西斯·柯波拉，另一位是小說作者馬里奧·普佐。

1939 年出生的導演柯波拉在好萊塢影成名得很早，在他答應接拍《教父Ⅰ》前已經執導過《巴頓將軍》，該片獲得了當年奧斯卡最佳影片以及最佳改編劇本，編劇就是他自己，是少數能寫也能導的好萊塢導演，他的成名作還有 1979 年坎城金棕櫚獎最佳影片《現代啟示錄》、影史上同題材中票房最高紀錄的《吸血鬼：真愛不死》等。

同時，柯波拉也是美國電影新浪潮運動的代表人物，70年代時他和《星際大戰》的喬治·盧卡斯、《大白鯊》的史蒂芬·史匹柏等年輕導演，挑戰當時好萊塢的保守派，衝擊類型電影的形式和主題。法國新浪潮的導演楚浮、高達，台

灣新浪潮的導演楊德昌、侯孝賢等人，走的都是傾向藝術電影的路線，而美國這幾位新浪潮大將，他們除了革命性的電影拍攝手法之外，同時也都創造了非常高的票房成績。

70年代，普佐已經52歲了，他外型長得非常「義大利」，或者說非常「西西里」，不高，圓圓的胖肚子，憨態可掬。普佐跟柯波拉兩人相差了將近20歲，他出版過《黑暗競技場》、《幸運的朝聖者》等小說，成績普普，真正改變他人生的就是這一本石破天驚的《教父》，黑手黨的靈感來自於上一本《幸運的朝聖者》小說裡的角色，出版社編輯覺得這條故事副線很有意思，畢竟關於黑幫、殺人、復仇、兇手是誰等情節，總是會讓喜歡八卦刺激的大眾感到興趣，於是，編輯便跟普佐商量：你已年過半百，不要再搞什麼文學藝術、什麼創作理念了，往大眾市場走吧！

《教父》小說在1969年出版，1972年《教父Ⅰ》電影上映時，馬里奧・普佐的原著小說已賣出了900萬本，電影裡所有的情節、台詞、畫面、人物個性、甚至是場面調度，幾乎在小說裡都找得到，當年導演柯波拉為了向普佐致敬，除了找他一起共同編劇之外，也直接在電影片名旁恭恭敬敬填上普佐的名字，在每一集片名《The Godfather》上面加上

Mario Puzo's。

柯波拉說：「沒有普佐的小說，就沒有教父這一部電影。」

無 限 長 的 旅 行

瑞士 Modern Times Hotel 大廳影像

西西里島上的「情」

　　今晚日內瓦湖畔，入住 Modern Times Hotel，正是《摩登時代》（Modern Times）電影主題旅館，不想太早睡，一個人坐在 lobby bar 再看一次卓別林。人說情歌總是老的好，電影也是老的好。

　　上個月在維也納市區，正好遇上電影博物館的專題展覽是侯孝賢。我一直很喜歡侯導的《戀戀風塵》，也一直覺得這部電影是他的藝術巔峰之作。青春的愛情淡淡地發生，中止於命運的安排，攝影師李屏賓用無止盡的長鏡頭拍攝海邊綿延不絕的一片木麻黃樹林，安慰了失戀的阿遠。《戀戀風塵》表現了天意，我覺得，連後來的侯孝賢自己也無法

超越。

在抵達《戀戀風塵》之前，依序是《風櫃來的人》、《冬冬的假期》和《童年往事》。前幾年，我去參加了《戀戀風塵》男主角阿遠（王晶文）的追思告別會，侯導聊起幾部早期電影，他說藝術自覺的起點，是從澎湖風櫃漁村幾位的徬徨青年開始。

螢幕上，卓別林和阿遠，他們永遠年輕。

但我們都老了。

這是一個義大利移民家庭的故事。

不論是小說文本或電影，一般都將《教父》故事結構分成三層來討論：最外一層是紐約黑手黨的故事，同時藉此側寫了二戰後的美國資本主義社會樣貌；中間第二層是美國移民文化下的義大利移民史、家族史；核心第三層最為關鍵，這是一對父母養育三男一女的家庭故事。

推動整部小說前進的動力，是父親的角色，而這個充滿魅力的人物性格則來自於普佐的母親。普佐曾經自述：「教父所說的每一句話，在我腦海裡聽來都像是出自於我母親的

口中，我聽見了她的智慧、她的無情，還有她對家庭與人生堅不可摧的愛⋯⋯柯里昂閣下的勇氣和忠誠都來自於她，他的仁慈也來自於她。」

母親和女性的性格元素被剪裁下來，利用文學藝術的手法置入進男性角色裡，因此如果再更簡化一點，我們可以說《教父》是一個非常典型的「原型故事」：父親有三個兒子，誰是繼承人？在各國的民間故事裡，我們都常聽到這樣的故事，不過為了讓故事更豐腴、更充滿戲劇性，大部份用國王替代了父親，兒子則變成了王子。「從前從前，國王有三個王子⋯⋯」原型故事就好像是小孩的床邊童話故事，孩子聽故事的樂趣，首先來自於「期待」的被滿足，先有熟悉而重複過的基本情境、傳統角色，等到做好了聽眾的心理建設，接著才是說書人投出「變化球」的時候，才是讓故事「起飛」的時刻。

小說裡，國王是教父維多・柯里昂，12歲從西西里島移民到美國紐約，18歲時結婚娶了同為義裔的卡蜜拉，婚後生了三個兒子和一個女兒，老大桑尼、老二弗雷多、老三麥可，女兒最小，名字叫康妮。

可以用三幕劇來讀這個家族故事。第一幕是女兒的婚禮，

第二幕是大兒子之死，第三幕是小兒子麥可的復仇與接班。

西西里人在嫁女兒的時候有個傳統——不能拒絕別人的請求。這也就解開了小說在一開始的情境設定之謎：用一場小女兒康妮的婚禮，來交代教父和家人的性格，以及前來救助的角色人物設定。《教父》成功之處，其中之一就是人物設定。

我記得有一次，聽賴聲川導演的一場演講，他說在某次飯局中，坐在他隔壁的正好是小說大師金庸，他冒昧請教金庸：「您的小說這麼好看，到底是怎麼寫成的？」一問完就後悔了，覺得這問題真是蠢，還好金庸笑笑回答了賴聲川：「寫小說之前，我會先想好人物，因為小說人物的背景、性格最需要花時間構思，等到想清楚了，這個人的面目和身世脈絡都弄清楚了，接著下筆時只要把人物丟到稿紙上去，他就會自己動起來了。」

我們舉小說中的一個段落來看。教父有個教子名叫強尼・方譚，他是一位非常知名的偶像歌手，登場時在婚禮上為康妮獻上歌曲時引來了女孩們的尖叫聲不斷。後來他來到了教父的房間，說著自己的委屈、受製片人的欺負，說著說著就哭泣了起來。教父看了很生氣地說：「一個哭哭啼啼討

人憐憫的好萊塢屁精？而且哭得像個娘們。」柯里昂還學他「我該怎麼辦？喔，我該怎麼辦？」

小說中寫到：

「柯里昂的模仿超乎尋常，令人意想不到，軍師赫根・湯姆和強尼先是吃了一驚，隨後便笑了出來，柯里昂感到開心，當下他感受到自己是多麼疼愛這個教子。」

接下來，普佐用短短一段文字，就把柯里昂3個兒子的「性格」直接向讀者揭露出來：

「他的三個兒子在被他嚴厲斥責後會有什麼反應呢？桑尼會生悶氣，然後持續好幾個星期跟人唱反調。弗雷多會變得恐懼怯懦。麥可會冷冷地對他微笑，然後離開家，好幾個月不見人影。」

《教父》中有一句名言：「朋友最重要，比政府還重要，比美國比警察比法官都還重要。」在同一場女兒婚禮中，也可以見識到尊敬的柯里昂閣下，如何靠著建立「友誼」來打

造他的王國。最經典的一段話，是由小兒子麥可的口中說出來，可惜電影裡沒有機會讓飾演麥克的艾爾‧帕西諾來演繹這句台詞。

當婚禮熱熱鬧鬧地進行著，在一旁冷眼旁觀的麥可，對他的未婚妻說：「妳知道北極探險家會在前往北極的路上沿途留下糧食的『儲藏點』嗎？他們這麼做是為了以防萬一，我父親也是如此，有一天，他可能有求於對方，而他們最好利用這個機會報答他的恩情。」

The Godfather，教父這個字詞的在義大利西西里的原意是「照顧者」，是天主教洗禮儀式後宗教意義上的父親，後來延伸為親族同黨社群之中的大家長，教父維繫自身地位靠的不是權，不是錢，是情。我照顧你，幫你解決了難題，你欠我一份情。是人情債，但教父把人情的「債」，轉化成了對人情的「投資」，成了人情的「貨幣」。

人情就是貨幣，不管是友情或親情都是一筆生意，可以儲蓄，可以交換，非常冷酷，非常高明。因為在西西里島古老的社會體制運作底下，最珍貴的不是金錢，而是人情。

西西里島陶米納希臘劇場

希臘悲劇的縮影

　　希臘古劇場，舞台背景遠處是西西里島最高峰埃特納活火山。

　　卡爾維諾收集義大利民間故事時說過：在西西里，說故事的人想刪除時間上的連貫，或指出年月的間隙時，便採用「故事中，時間不花費時間」的公式。民間傳說中的口語敘事，採用的技巧以實用為準則：刪除不必要的細節，但強調重複。

　　小孩子聽故事的樂趣，部份在於他期待聽到他希望重複的事情，包括情境、用詞、公式。

　　期待電影續集的觀眾，就像愛聽故事的小孩子，《教父 III》或許正是因為如此，才被世界各地失望

的影迷孩子們冷落。包括我自己。

　　導演柯波拉相隔 16 年後才續拍《教父 III》，不走民間故事所導循的傳統老路，卻新增了細節支線，刻意刪減了續集電影應有的重複。

　　2,000 多年前，西西里島是大希臘城邦的領地，如果把《教父 III》視為一部完全獨立的電影來看，電影搬演的不正是一齣典型的希臘悲劇？

　　悲劇的目的，在於引起觀眾心中憐憫和敬畏的情緒，進而達到一種心靈的洗滌和淨化的功能。亞里斯多德如是說。

　　《教父 III》不是黑幫類型電影，是電影史上偉大的希臘悲劇之一。

　　西西里人嫁女兒時，不能拒絕別人的請求。黑手黨組織裡的軍師，一定要用西西里人。根據西西里的傳統，送條魚到對手陣營裡，意思就是，嘿嘿，你的人永遠在海裡跟魚同眠了。

　　我一直到去了西西里島，才確定在當地真的有一個地方

名叫柯里昂尼（Corleone），距離大城市巴勒摩大概一個半小時左右的車程，而教父柯里昂的姓就是源自於此。當他來到紐約，為了與自己的故鄉保留一點連結，他放棄了原本家族的姓，改用了家族的小鎮來命名。

　　在《教父》小說中，12歲的小男孩維多孤身一人搭船來到了紐約，電影《教父II》關於小男孩維多的這一條故事線，全部來自於《教父》小說的第十四章，電影拍攝地點在西西里島上的福爾扎（Forza），不在柯里昂尼小鎮，導演柯波拉在電影第二集中依然和普佐共同擔任編劇，劇本改動的篇幅並不大，不過在電影中小維多的年齡被降到了九歲，可能是覺得12歲的小男孩在大螢幕上看起來不夠楚楚可憐，年紀應該要再小一點。

　　小維多的本名叫做維多·安東里尼，父親被家鄉黑手黨殺害了，母親發現保護不了這個小孩，於是將他送到美國讓朋友照顧，從此落地生根，改名維多·柯里昂的他，日後在紐約建立起黑手黨五大家族之一的柯里昂家族。普佐的父母也都是義大利移民，大約在他12歲時，普佐的父親拋家棄子離開了他們，只留下普佐的媽媽跟七個小孩，他似乎把童年的衝擊記憶搬移到了小說裡。

柯里昂尼在西西里島上向來就是一個黑手黨的根據地，為什麼當地會有黑手黨？又為什麼後來演變成幫派組織？其實跟西西里島的歷史及地理位置息息相關。

　　早在 2,700 多年前希臘人就來到此地，環繞這座島航行時，希臘人紀錄了島嶼的三個端點，取名為特里納克里亞（Trinacria）島，意思是三角形。代表西西里的徽章是一個有著三隻彎曲腳的蛇髮頭像，徽章頭象上還長出了三隻麥穗，象徵著西西里島的富庶，三隻彎曲的腳狀似西西里島的三角島外形，中間是希臘神話的蛇髮女妖梅杜莎，歐洲人相信神話中蛇髮女妖原本的居住地在這座島上。

　　黑手黨「Mafia」這個字一開始是避難所的意思，Mafia發展成黑社會組織是在 19 世紀末開始，當整個社會失去了大秩序的穩定，就需要地方團體的小秩序來維持。

　　西西里島位於地中海的海洋的中心位置上，國家政權更替非常頻繁。古希臘時期，在雅典跟斯巴達兩強相爭的時代，西西里島就屬於廣義的大希臘文明一部份，到了羅馬帝國時期，迦太基與羅馬前後的三次布匿戰爭，西西里島就在紛爭衝突的中間地帶。西西里島上的神殿谷，現存有一座協和神

殿比雅典的帕德嫩神殿更完整、更漂亮；島上還有一座橫跨希臘跟羅馬兩個歷史時期的大劇場，就坐落在著名的天空之城——陶米納小鎮。

希臘、羅馬之後有拜占庭、阿拉伯帝國、諾曼王朝、神聖羅馬帝國、西班牙、奧地利⋯⋯

不同的統治者政權征服此地，來了又走，來了又走，西西里人到底要服從誰呢？要信任誰呢？統治就是征服，征服就是掠奪，能夠保護鄉里、保護家族的勢力，是否才是最能照顧我們的人？在西西里，「泛家族」裡以族長為核心的社會結構就漸漸穩固建立了起來，在地方團體內建立起一個個「小秩序」。後來，拿破崙崛起席捲歐洲，西西里王國的諾曼王朝衰亡，但一直到 1861 年義大利王國建立前的這一段空窗期裡，社會上的大秩序沒有了，各家族的族長之間互相不信任、互相攻擊，同時也因為資源越來越少，就開始動用武裝力量搶奪別人的財物，逐漸墮落變成了作奸犯科的黑社會勢力，成了惡名昭彰的黑手黨。

一戰結束後，在墨索里尼執政下開始掃蕩西西里島破壞社會秩序的黑幫組織，社會動盪不安，後續造成大批的西西里人離開故鄉、移民到美國。

今日的西西里島已經恢復為一個平和的社會，走在首府巴勒摩大城市，常常可以看見商店在門口櫥窗上貼上「No Mafia」的標誌，大剌剌地跟所謂的黑社會勢力宣示，要保護費，門都沒有。

西西里島上有個巴勒摩歌劇院，歐洲第三大，排名僅次於巴黎歌劇院與維也納歌劇院。在《教父 III》的結局，老邁的教父麥可抱著被槍殺的女兒漸漸冷卻的身體仰天悲嘯，令所有影迷都為之心碎的著名吶喊場景，就在這座歌劇院的大階梯上。《教父 III》的主要情節都在處理教父麥可的心結，麥克在梵諦岡跟神父懺悔，這個心結就是他的罪，他下令殺了他媽媽的兒子，麥可的二哥弗雷多。

原著《教父》小說的最後一章，有一個在《教父》系列電影三集裡都沒處理的主題，那個主題是「贖罪」。

「柯里昂太太穿著一席寡婦的黑色衣裝，坐在車內等待凱的到來。這已經成了例行公事，早晨的彌撒，每天婆媳倆總是一道前去。」

麥可的母親和麥可的太太凱，為了幫柯里昂家族的男人

們贖罪，婆婆和媳婦每天一起到教堂參加早晨的彌撒。女性的角色作用被安排小說的最後一章裡。

「教堂最深處的壁龕裡，傳來悔罪的鐘聲。凱依照指示，用她握緊的手，輕輕敲擊自己的胸口，表示悔改。鐘聲再度響起，此時傳來人群的腳步聲，所有領受聖餐的人全離了座位，來到祭壇的欄杆前。凱加入了他們的行列。」

然而這莫大的殺人之罪，能夠被洗淨嗎？

「她的心靈靜如止水，忘了自己、孩子、所有的憤怒、所有的暴力與所有的難題。自從卡洛被殺之後，她每天都來這裡，為麥可・柯里昂的靈魂祝禱。她懷著深切而強烈的信念，渴求著相信，渴求自己的聲音能夠被神所聽見。」

孟克《呐喊》仿作　　　　　　　　　　繪者：多多

即使有
所謂命運，
也要走出
自己的
人生軌跡

　　幾天前回國，去郵局，領到了妳的小學入學通知單。

　　我本來已入睡，半夜妳不知道夢見了什麼，把我和妳都給吵醒了。我抱妳去沙發上坐了一會兒，開小燈，輕輕聊天，妳笑笑地說了一個番茄醬的故事，忘記告別，沒有晚安，抓著兔兔的耳朵一個人獨自翻回床上去，很快就睡著了。

　　留下孤獨的深夜，番茄醬的故事，失眠的父親。

　　明天有一場布拉格文學的演講，我在卡夫卡的

短篇小說選集裡，重複地看著這篇〈無限長的旅行〉。

孩子，時間是一匹馬，妳的號在遠方等妳。

我命令把我的馬從馬廄裡牽出來。我的僕人沒聽懂。我自己走到馬廄裡去，按上馬鞍，跨上了馬。

我聽見遠處傳來號聲，我問他怎麼回事，他一無所知，甚至什麼也沒聽到。他在大門邊攔住了我，問道：主人，你到哪兒去？我不知道，我說：只想離開這裡，只知道要離開這裡，不斷地拉開與這裡的距離，只有這樣才能達到我的目的。那麼你是知道你的目的地了？不錯，我已經說過了：離開這裡，這就是我的目的。

你沒帶乾糧，他說。我根本不需要，這旅途非常漫長，假如我在途中得不到吃的，那我非餓死不可。帶多少乾糧都救不了我。幸虧這是一次真正長得不得了的旅行。

我一直記得 2020 年 2 月 3 日這一天的心情。幸運的上午，羅馬菲烏米奇諾機場第三航廈 E43 號登機門，我們順利登上這一班可以直飛回台灣的飛機，前一天，台灣和義大利政府終於成功協商了一班中華航空的飛機，從台灣桃園機場空機起飛來接歐洲的旅客，這也是最後一班從羅馬直飛回來的航班。疫情持續蔓延、擴散，看不見終點在哪裡，在回程的飛機上，我想著，幸運或不幸運，都是上天的旨意吧。

　　《教父》電影片名 logo 的上方，始終畫有一隻手握著十字的符號，垂下了線，操作著底下的字母，彷彿是一隻命運之手，代表著上天的旨意與操控。造物者的手操控著人物的命運，教父的手也牢牢控制住龐大的組織，教父以下，黑手黨組織階層也是三層樓，每一層都嚴守西西里人的緘默幫規，一層樓就是一道緩衝，出了事才不會延燒到 BOSS。第一道緩衝是軍師，他是唯一直接收到教父命令的人，第二道緩衝是頭目，由軍師轉達指示給頭目，接著是頭目交代下去給幹部，設立了第三道緩衝後，幹部才會帶著小弟出去辦事。

　　命運不僅僅是冥冥天意的隱喻、劇情內容的意涵或商標設計的創意，這個符號也是西西里島傳統的提線傀儡木偶戲的代表，提線木偶戲在 2008 年被聯合國教科文組織選為無形

世界文化遺產，是西西里珍貴的文化資產，我看過幾次巴勒摩街頭上的演出，問了操控提線木偶的街頭藝人，內容大多是演出悲劇英雄或是歷史上的史詩故事。

1969 年出版《教父》小說時，書名上就有這一隻提線木偶之手，隱含在整個教父故事裡，有一個來自上方的宿命在操作著下方情節的進行。

座位螢幕上的飛行資訊地圖顯示，飛機剛剛離開香港的上空，即將繼續往東北方向飛越台灣海峽，我在機上看完了最後一部電影《兔嘲男孩》（Jojo Rabbit），電影片尾，猶太少女和德國男孩的鏡頭，實在讓人又哭又笑。最後一幕，鏡頭上引用了 19 世紀詩人里爾克的詩句，他 1875 年出生於布拉格，比《變形記》的卡夫卡、《好兵帥克》的哈謝克早八年來到波西米亞這塊土地，但里爾克不屬於斯拉夫，不屬於捷克，里爾克是廣義的德國，廣義的日爾曼，當時他出生時國籍是奧匈帝國，過世時世界上已沒有奧匈帝國這個國家，他寫詩的年代，是一次世界大戰的年代，戰後西班牙大流感爆發的年代，是一個世局動亂前途未卜的年代，如同我們此時此刻的現在。

在《兔嘲男孩》電影片尾，里爾克的詩句如此地寫著：

Let everything happen to you,
Beauty and terror.
Just keep going,
No feeling is final.

—Rainer Maria Rilke

世事難料迎面而來，
美麗或恐怖。
你只管前進以及前進，
人生體驗永無止盡。

他來自波希米亞

《生命中不能承受之輕》

布拉格查理大橋

生命中不能承受之輕

2019 年 4 月間，無意中讀到這一則新聞：流亡半生，米蘭‧昆德拉重獲捷克國籍。

「40 年前，出版《笑忘書》後，米蘭‧昆德拉被當時的捷克斯洛伐克政府剝奪了公民身份。今天，這位已經 90 歲高齡曾表示『沒有返鄉夢』的作家重獲捷克國籍。」

我停下了手邊的事，靜默片刻，喃喃自語著：「老先生回家了。」布拉格之春事件之後，捷克斯洛伐克走入一片黑暗，米蘭‧昆德拉被踢出作家協會，被開除黨籍，被剝奪學院的教職，被取消話劇演出，被禁止作品出版。最終他流亡

法國，筆耕不斷持續寫作，《生活在他方》、《告別圓舞曲》、《笑忘書》相繼出版，1984 年，昆德拉迎來了創作生涯的高峰，寫出了《生命中不能承受之輕》，這本小說也成了他一生的代表作，幾年後又用法文重寫了一遍《生命中不能承受之輕》，並且從此放棄捷克文創作，一個作家自覺且主動地放棄母語寫作，在深層生命意義上，似乎也等於宣告離棄了生他育他的民族和認同。

在一次接受德國《時代》週刊採訪時，他這樣回答記者：「我沒有返鄉夢。我把布拉格帶走了——它的氣息、味道、語言、風景和文化。」

捷克布拉格像是我在歐洲的家一樣，我去過的次數已有 100 多次了，自助旅行、領隊工作、旅遊策展或商務出差，生命裡有許多關於這個國家和這座城市的時光回憶，其中有一次是國際婚禮旅遊的承辦經驗，印象尤其深刻難忘。

蔣先生是一名事業有成的台商，他的大女兒在奧地利唸書時愛上了捷克情人，老爸決定辦一場跨國婚禮。我們第一次碰面時，知道我也是兩個女兒的爸爸，蔣先生當下就拿起

了筆，簽了約，決定把這一場婚禮交給我。

嫁女兒，是蔣先生人生一等一的大事，親友們從亞洲、美國、南美洲各地飛往奧地利、捷克與我會合，我們的行程一路走，路上各個城市幾乎都有人上車，團隊一開始是22人從台北出發，最後抵達布拉格時竟然是兩台車將近70人了，諸多細節必須時時刻刻應變更新，我的壓力之大可想而知。

婚禮舉辦地點在布拉格郊區一處名叫Mcely的美麗莊園，這場跨國婚禮席開20桌左右，我們女方一行人抵達後，現場流程就由莊園接待處接手，我也終於可以鬆口氣。主角新人幸福甜蜜登場時，我坐在一旁靜靜觀禮，輪到蔣先生致詞，才知道他和太太前半輩子為了衝刺事業，女兒兩歲不到就寄託給乾爸媽養大，一直到大學畢業。

「謝謝您們辛苦拉拔我女兒長大，我不是一位成功的爸爸，我其實對女兒有滿心的虧欠。」

當蔣先生含淚對著現場滿滿賓客，向乾爸媽深深一鞠躬時，所有人都動容了。

「我也要謝謝Domingo的規畫安排，謝謝他讓我和太太都放心這一趟旅程。」

在這樣的氣氛下突然提到我的名字，讓正哽咽的我一時

間不知所措，趕緊站起身來，也跟著鞠躬致意。夕陽下，微風中，彷彿我也是一位嫁女兒嫁到哭的父親。

我也曾經在布拉格以南的世界遺產小鎮庫倫諾夫，遇見過捷克前總統哈維爾先生，那時他已年過 70，有點駝背，被長年肺病糾纏的身形看起來十分矮小、消瘦，如果不是前後約十步距離各有一名魁梧壯碩的保鑣護衛著，大概會以為只是錯身而過一位平凡鄉下老人罷了。但那天下午我認出了他，我知道走過身邊的是一個無與倫比的巨人。

1989 年捷克天鵝絨革命，顛覆了共產專制政權，開啟了東歐的民主化歷程。不靠軍事武力、沒有發生流血衝突，這場寧靜革命之所以成功，關鍵就在於在領袖人物哈維爾的領導，他同時也是一位歐洲知名的劇作家，留下了不少舞台劇的劇本。2011 年 12 月當北韓領導人過世時，網路上都是金正日的新聞，比較少人注意的是，哈維爾總統也在那幾天走了，得知消息那一晚我徹夜未眠，讀著他的《獄中書——致妻子奧爾嘉》，懷念一位令人景仰的文學家總統。

捷克在一戰之前的名字是波西米亞，隸屬於奧匈帝國的

管轄，我書櫃上有一塊區域是波希米亞作家們的專屬領地：寫《城堡》的卡夫卡、《過於喧囂的孤獨》的赫拉巴爾、《好兵帥克》的哈謝克、《山椒魚戰爭》的恰佩克、《布拉格精神》的伊凡·克里瑪、《世界如此美麗》的塞佛特⋯，櫃子裡還有一張捷克愛樂指揮大師卡雷爾·安切爾（Karel Ancerl）的黑白影像 DVD 收藏。

　　這是來自 1968 年 5 月 12 日的現場實況錄影，地點就在布拉格市民會館二樓的史麥坦納廳，大師指揮著那年的捷克愛樂交響樂團，演出捷克音樂之父史麥坦納的名曲〈我的祖國〉，宣告一年一度的「布拉格之春國際音樂節」正式開幕。〈我的祖國〉是耳聾的史麥坦納晚年顛峰之作，這首交響詩是波希米亞的歷史，也是波希米亞的地理，更是整個民族夢想與寄託。二戰結束後，為了慶祝終戰也為了紀念史麥坦納，自 1946 年起，每一年在他的逝世紀念日 5 月 12 日舉辦布拉格之春音樂節，開幕活動地點固定安排在史麥坦納演奏廳，由捷克愛樂交響樂團演奏〈我的祖國〉第二樂章：伏爾塔瓦河，為接下來整整三個星期的音樂節拉開序幕。

　　「布拉格之春」這個名字聽起來很輕盈，也很沉重，布拉格之春在捷克代表了兩個意思，一個是一年一度的國際音

樂節，另一個是 1968 年蘇聯軍事鎮壓的歷史事件。5 月的春天，彼時廳堂之內聽眾們欣賞著卡雷爾‧安切爾的音樂指揮，一片陶醉，渾然不覺境外有 20 萬蘇聯大軍和坦克即將入侵。年邁的卡雷爾‧安切爾隔年流亡海外，此後再也沒回到他的祖國。

　　就在老指揮家離開的同一年，米蘭‧昆德拉在捷克完成了小說《生活在他方》，幾年後這本小說在法國出版，聲名大噪，並且得到了法國文學獎桂冠。他青年時加入了共產黨，積極參與政治，曾經對國家民族的前途發展，懷抱著熱切的理想。然而，布拉格之春的發生，改變了他這一代的捷克知識份子，1975 年米蘭‧昆德拉受邀前往法國雷恩一所大學任教，隔年出版小說《笑忘書》徹底激怒了捷克共產政府，被註銷國籍的他，從此也離開了波希米亞成為歐洲的公民。

德國新天鵝堡

當「輕」遇上了「重」

2

「如果，生活在他方……」旅人總是會浪漫地這麼想。

天色將亮未亮之時，清晨有霧，霧裡依然可以看見耶誕市集昨夜裡的燈，星光點點地亮著。

熱咖啡、可頌麵包，早餐後，離開福森小鎮僅一刻鐘，就抵達城堡山腳下了。

迎接我們的是一場鋪天蓋地的毛毛小雪，達達蹄聲敲打凍僵的石路，馬車搖搖晃晃載著我們上山，不知不覺之中，雪已停，一個轉角，看見藍天開了，雲霧湧起，冬日陽光點亮了新天鵝堡。

翻開《笑忘書》，小說第一頁寫著：「二戰結束之後，當鐵幕國家把捷克關起來⋯⋯。」

二戰後的捷克共產黨漸漸壯大，終於在 1948 年上台掌權，布拉格之春事件後，捷克人更是進入了強壓統治的專制政權時代，人在法國的米蘭昆德拉出版了一本小說，以「笑」為主題來挑戰國家政府，這本《笑忘書》自然犯了政治上的大忌。

他的小說創作分為三個階段，首先是離開捷克前的早期作品《玩笑》、《可笑的愛》、《生活在他方》；接著是在法國的初期，他依然以捷克文寫作的《賦別曲》、《笑忘書》以及《生命中不能承受之輕》；最後是直接使用法文的《不朽》、《緩慢》和後續作品。

最廣為人知的是他的顛峰之作《生命中不能承受之輕》，電影《布拉格的春天》就是改編自這本小說，曾獲 1988 年奧斯卡金像獎最佳改編劇本、攝影獎提名、金球獎最佳劇情片提名，被法國《電影筆記》選為年度十大電影第二名，女主角是主演奇士勞斯基《藍色情挑》的當代女神－茱麗葉・畢諾許。

生命中不能承受的應該是難以負荷的「重」，為什麼反

而是「輕」無法承受？小說從書名就開始引人好奇，忍不住拿起來翻閱，出版多年以來，這生命的輕重之辯也有各種不同說法和解釋。這本小說也可以視為他在創作上「告別波希米亞」的分水嶺，米蘭‧昆德拉一共寫了兩遍，第一次出版是捷克文「斯拉夫語」，第二次出版則是以法文重新寫過，並且宣告以法文版本的《生命中不能承受之輕》為唯一定稿。這是作家在創作語文上的一種形式選擇嗎？或者是作家告別故鄉後的一種生命的斷裂？

　　《生命中不能承受之輕》是一本愛情小說，講靈與肉的衝突；也是一本歷史小說，以 1968 年布拉格之春作為時代背景；同時是一本哲學小說，探討尼采「永劫回歸」的奧義。如果從文學技巧上來看，我們更可以說這是一本「後設小說」，作者一開始就跟讀者直白表明人物的虛構性，人名的創意誕生於引人聯想的句子或者關鍵的情境。他說，男主角名字是托馬斯，這是來自於一句德國諺語：「一次就是不算數」；女主角名叫特麗莎，誕生於「咕嚕咕嚕的胃鳴」，那是肚子餓了的聲音。

　　米蘭‧昆德拉先讓我們感動的是愛情，在小說中，他透過托馬斯和特麗莎這對戀人不停地辯證著愛情裡的「輕」與

「重」、「靈」與「肉」。托馬斯是輕浮肉慾的代表，他是一位布拉格醫院的外科醫師，富有魅力，已經離婚，沒有愛情的包袱，人的一生對他說就像一個演員走上舞台，卻從來不曾排練。「如果生命的第一次排練已然是生命的本身，那麼生命能有什麼價值？」一次算不得數，一次就是沒有。只能活一次，就像是完全不曾活過。因此托馬斯像是一朵無根的浮雲，漫不輕心的人生態度，讓他過著輕飄飄的日子，他擔心肉慾情誼不小心被愛情滲透就糟了，於是訂下了一個完美的「三」的法則：我們可以隔很短的時間去跟同一個女人約會，但是千萬別超過三次。或者：我們也可以跟她交往慢慢數年，只要每次約會之間至少隔了三個星期。

特麗莎則是「心靈和重量」的象徵，她是波西米亞某個小城的餐廳女侍，也是一名業餘的攝影記者，愛情在生命中占據了極大的比重，她和托馬斯在餐廳偶遇時就對他一見鍾情，約莫十天後，特麗莎一往情深追到了布拉格，為了再見上托馬斯一面，連午餐、晚餐都忘了吃。當她出現在托馬斯面前，手上拿了一本厚厚的書，那是托爾斯泰的《安娜·卡列尼娜》，此時肚子卻咕嚕咕嚕發出聲響，「那是多麼殘忍

的酷刑阿！她的眼淚幾乎奪眶而出。幸好十秒鐘之後，托馬斯抱住了她，而她，忘記了肚子發出的聲音。」

　　一位純樸天真癡情無悔的小女生，愛上了遊戲人間浪蕩不羈的成熟男醫師，或許你會預期這「又」是一部浪漫纏綿的「通俗愛情」小說。米蘭昆德拉讓特麗莎拿著《安娜‧卡列尼娜》登場，那是因為這本小說講得是外遇的故事，這一本書是，預告著托馬斯的畫家情人薩賓娜的出現，而這位戲份極重的「第三者」女畫家，她還有一位有婦之夫的情人名叫弗蘭茲，這四角戀愛，不，應該要再加上弗蘭茲的老婆、特麗莎僅有一次的外遇對象，這至少是「六角」戀愛的故事，小說情節的戲劇張力絕對不會讓天生喜歡緋聞八卦的讀者失望。

　　然而，這遠遠不是一部通俗的愛情小說而已。當愛情來了，信誓旦旦和愛情劃清了界線的托馬斯，在書中，米蘭昆德拉如此描述當他知覺到愛上特麗莎的那一瞬間：

　　「夜裡，特麗莎發燒，她帶著感冒在托馬斯的家裡度過了一個星期。托馬斯對這近乎陌生的女孩產生了一種無法解

釋的愛。彷彿有人把一個孩子放進了塗覆了樹脂的籃子裡，順著河水漂流，而他在床榻水岸收留了她。」

　　愛情來了，就像有人把孩子放進一個塗覆樹脂的籃子，順著水流向你漂來。這個動人的意象在《生命中不能承受之輕》裡多次出現，此生至今，這也是我所讀過的，關於愛情最美的意象。我們怎能任由這籃子載著一個孩子在湍急的河水裡漂流呢？

　　多次被諾貝爾文學獎提名的米蘭昆德拉，在《生命中不能承受之輕》裡把愛情故事當作了寓言故事，故事的表相是多角的男女情愛，故事的內核則是一層又一層的沉思。他在受訪時曾經說過：「我的小說不是心理小說，說得更準確些，我的小說在我們常說的心理小說美學範疇之外。」在這個漂流籃子的意象裡，我們可以看到托馬斯腦中的畫面不僅僅來自於他個人的心理感受，再繼續閱讀下去，我們看到米蘭昆德拉在主角心理感受的範疇之外，文字跳躍、延伸進了希臘的戲劇典故和聖經神學的起源：

「再一次，他覺得特麗莎是個孩子，被人放進塗覆了樹脂的籃子順流而下。我們怎能任由這籃子載著一個孩子在湍急的河水裡漂流！

如果法老王的女兒沒有把小摩西從水裡撈起來，就不會有《舊約聖經》，我們的一切文明也不會存在了！多少古老神話的開頭，都有人救起棄嬰。如果波里布沒有收留小伊底帕斯，索福克里斯也寫不出他最美麗的悲劇了！」

愛情在籃子裡睡著了 　　　　　　　　　　　　　繪者：桐桐

只有一次的人生無法彩排

這一年內，三次到北京，空氣品質都很好，今天的西大望路上還有美麗的夕陽可以欣賞。是我運氣好，還是北京的霧霾真的改善了呢？

台北出門前從書架上隨意拿了《山居筆記》，以便在機場等待登機時可以隨意翻看，這次發現書中寫海南島的〈天涯故事〉，文章開頭說的那篇小說原來就是莎岡的短篇小說《絲綢般的眼睛》，中文書應該只有大陸簡體字版。我好奇上網，用手機想找一些資料，意外看見北京大學的詩歌節活動，紀念年輕詩人海子，他最有名的詩句是：我有一所房子，面朝大海，春暖花開。

我還記得一首是〈我感到魅惑〉，詩中一流到底的河的意象，天才之作，魅惑而迷人。

美麗女兒，一流到底

水兒仍舊從高向低

坐在三條白蛇編成的籃子裏

我有三次渡過這條河

我感到流水滑過我的四肢

一隻美麗魚婆做成我緘默的嘴唇

我看見，風中飄過的女人

在水中產下卵來

一片霞光中露出來的長長的卵

——摘自 海子〈我感到魅惑〉

　　史麥坦納的〈我的祖國〉交響詩一共分為六個樂章，第一樂章描寫斯拉夫民族來到波希米亞的住居之地——高堡，第一樂章同時也是序曲，彙整了後續五個樂章的主要旋律段落，內容涵蓋了伏爾塔瓦河、薩爾卡、波希米亞森林、塔爾

他來自波希米亞

波和布拉尼克山，序曲的功能不僅是精華節選，也是一種宣示預告，一種展開的儀式，幫聽眾先建立起準備迎接一整首交響詩的全觀式心理期待。米蘭・昆德拉的父親是捷克鋼琴家與音樂學院的校長，從小在音樂世家的環境裡長大的他，非常熟悉古典樂的格律和布局，他曾自言在 25 歲以前，音樂對他的吸引力比文學大得多，他早期的音樂作品〈寫給四種樂器的樂曲〉分為七個部分，就像他大部分的小說結構一樣，都是由七個章節構成。

《生命中不能承受之輕》小說結構同樣也分為七部，第一部的篇名是〈輕與重〉，猶如〈我的祖國〉序曲「高堡」一樣，是整部小說的縮影和預言。在愛情之外，第一部在開頭的前幾頁提到了尼采：

「永劫回歸是個神祕的概念，因為這個概念，尼采讓不少哲學家感到困惑，試想有一天，一切事物都將以我們已然經歷的樣貌重複搬演，甚至這重複本身也將無限重複下去。」

尼采所說的重複困境，情景一如不斷推石上山又下山的薛西佛斯，身而為人存在的虛無與荒謬，就是日復一日的無

意義重複再重複、無法脫逃的命運，這正是生命中不能承受之重。

可「重」真是殘酷？「輕」真是美麗？

如果以古典樂的對位法與複調來看《生命中不能承受之輕》，你會發現這本小說對位結構的美，實在令人驚艷。除了托馬斯、特麗莎、薩賓娜和弗蘭茲這四大主角宛如一曲「四重奏」之外，永劫回歸的「重複」，正是要對比出托馬斯的「輕盈」，托馬斯的名字來自於一句德國諺語：一次就是從來沒有！無法彩排只有一次的人生，一次就是不算數，這正是生命中不能承受之輕。

關於不能承受的「輕」，我們可以進一步在米蘭・昆德拉散文集《小說的藝術》中，看到他自行從作品中整理出來的發現：

不能承受的存在之輕，我在《玩笑》裡頭已經發現：「我在覆滿塵土的石板路上走著，感到那空無之輕沉重地壓著我的生命。」還有《生活在他方》：「雅羅米爾有時會做些嚇

人的夢，他夢到自己得托起一件極輕的物品，一只茶杯、一支湯匙、一根羽毛，可他卻托不起來，東西越輕，他卻越虛弱，屈服於這件物品的輕。」

在作為序曲功能的第一部之中，米蘭‧昆德拉也藉由女畫家薩賓娜的登場帶出了媚俗（kitsch）這個德國語詞，形容對於平平無奇的事件懷抱著濫情且一廂情願的「偉大」情感，例如小說第六部〈偉大的進軍〉，從篇章名稱就可以看出嘲諷的意味，進軍即是代表是進入一種戰爭狀態，憑什麼「偉大」？人有這種媚俗需求，就是在具有美化效果的謊言鏡中觀看自己，懷著令自己感動的滿足。薩賓娜極端厭惡媚俗、痛恨媚俗，在小說中與她「對位」的媚俗代表人物，是飛往曼谷準備參與一場「偉大的進軍」而自我感動不已的弗蘭茲。

我不能說《生命中不能承受之輕》是一本偉大的小說，只怕昆德拉老先生會在暗地裡嘲笑我媚俗，笑我過於濫情，於是我只能說，這是一本非比尋常的重量級小說，一本不能輕易錯過的經典文學。

人到中年，當我再次經過布拉格的舊城廣場、經過提恩

教堂、經過天文鐘塔、經過舊市政廳，我會自然而然想起在1968年布拉格之春事件發生時，小說中的特麗莎走在舊城廣場上：二戰的歐洲各國犧牲慘重，許多城市都慘遭轟炸，然而我們捷克卻只有舊市政廳的屋頂被毀損，這個國家真是令人蒙羞，因為離二戰結束都過去20多年了，舊市政廳的屋頂居然還是破損的狀態，只為了向世人證明其實我們捷克也所有犧牲。

人到中年，當我再拿起《生命中不能承受之輕》來翻閱，我讀到的不是個人生命中的輕與重，讀到的不是特麗莎的癡情或對國家的質疑，讀到的不是薩賓娜的反媚俗的處世態度，我終於讀出來的是老先生他在文字裡深埋的鄉愁。

也許對被註銷國籍的米蘭‧昆德拉而言，被拋棄的不是他，是波希米亞。在歐洲歷史裡，波希米亞是棄嬰，是希臘悲劇裡的小伊底帕斯，是舊約聖經裡被人放進籃子裡的小摩西。

小說的第五部篇名和第一部重複，一樣也是命名為〈輕與重〉，在這裡米蘭‧昆德拉先交代情節，敘述托馬斯是否簽屬抗議政府請願書的猶豫，當初他究竟該怎麼做呢？簽名，還是不簽？

再一次，托馬斯的腦海浮現了我們已熟知的一個想法：人的生命只有一次，我們永遠無法驗證哪一個決定是好的，哪一個決定是壞的……接著，昆德拉突然筆鋒一轉，提到了捷克的命運：

　　「在這方面，歷史和個人生命是相似的，捷克人只有一個歷史，它跟托馬斯的生命一樣，總會完成於某一天，沒有機會重來第二次。

　　西元 1618 年，波希米亞的貴族鼓起勇氣，決定捍衛他們的宗教自由，他們狂熱地對抗安坐在維也納的皇帝，把代表皇帝的兩個高官從布拉格城堡的窗戶丟出去，於是 30 年戰爭從此開啟，最後幾乎導致整個捷克民族的毀滅。捷克人當時需要的是不是更多的謹慎而不是勇氣？

　　320 年後，西元 1938 年，慕尼黑會議結束後，全世界決定犧牲捷克人的國家，把它獻祭給希特勒。這時，他們該不該試圖去對抗一個在數目上比他們強大 8 倍的敵人呢？跟他們在 1618 年所做的事比起來，這次他們展現了較多的謹慎而不是勇氣。他們的屈服標誌了第二次世界大戰的開啟，最後他們徹底喪失作為一個國族的自由，時間長達數 10 年甚或數

百年。當時，他們需要的是不是更多的勇氣而不是謹慎？他們到底該怎麼做呢？」

一次算不得數，一次就是從來沒有。波希米亞的歷史無法重來，歐洲的歷史也不能。「輕」是如此沉重，如此不能承受，如此無解，如此沉默。

小說的第七部，也是最後一部，篇名〈卡列寧的微笑〉，在結構上，米蘭昆德拉調換了線性敘事的時間軸順序，讓第六部的事件都發生在第七部的事件之後，因而當我們閱讀這小說的最後一部時，淹沒在一片無以名狀的感傷之中，因為我們對未來已有所知。卡列寧是一隻托馬斯和特麗莎所養的狗的名字，取名靈感來自於《安娜·卡列尼娜》的小說人名。在布拉格之春過後，現實生活壓迫著托馬斯和特麗莎，他們留在都市裡根本無法喘息，只能到鄉下生活，他們只剩下這個逃走的方法了，《生命中不能承受之輕》的結尾呈現出這樣一幅田園詩一樣的景象：

「托馬斯用鑰匙開了門，把壁燈點亮。特麗莎看見兩隻

他 來 自 波 希 米 亞

床靠在一起，其中一章旁邊有個矮几，上頭擺著一盞床頭燈。一隻大大的夜蝶被燈光嚇著，從燈罩裡飛了出來，在房間裡翩翩飛舞。樓下悠悠盪來鋼琴和小提琴微弱的回音。」

生命中有不可承受之重，也有不可承受之輕。這部小說以愛情為始，以微笑為終。

4 不復存在
是多麼地
輕盈

　　這次的任務是拍攝捷克舊皇宮的哥德式肋拱天花板圖樣，跟著團隊準備離開時，連結聖維特大教堂後殿廣場的木門被打開了，我在長階梯上，遠遠看見出口的她臉上有異樣的光彩，拿起相機按了幾下快門，意外地留下了油畫一般的一張攝影。雪泥鴻爪，路上最美的風景，往往都是偶然相遇：

　　此刻感受到一種寧靜，緩緩旋轉一如宇宙天體中的星雲。

　　生命流域未曾有此時這般豐沛寬闊，像來到大河與海的交匯處。妳靜默極了，只有愛情可以駕馭

《生命中不能承受之輕》

這種靜默。似乎正猶豫，依賴或不依賴，這令人舉棋不定的問題。萬物在光亮中成長，青春亦如是。

妳想起一位東方老詩人曾經寫過，此刻的我們，或許正是，那時癡妄相許的來生。

吃晚飯時，重看了一次老電影《遠離非洲》，桐桐賴在地板上，一碗飯慢慢挖，挖到了劇終才吃完，多多從我身上滾過來又滾過去，一會兒讀字幕一會兒問劇情，老婆則靜靜在沙發上陪著。

每年暑假是肯亞的動物大遷徙季節，馬賽馬拉大草原此時會迎來 200 萬頭牛羚和斑馬，在首都奈洛比最後一天的市區觀光，我們安排參觀「凱倫故居」，很多人知道《遠離非洲》這部電影，但少數人聽過電影原著小說的作者。我第一次去肯亞時並不知道有這樣一位作者，進了故居後，聽著導覽員解說英國殖民地風格的幾個房間，這裡是客廳，旁邊是臥室，後面是廚房，走走看看覺得沒什麼意思。離開前在紀念品店翻了翻幾本導覽書，作者取了筆名叫伊薩克，原來《遠離非洲》電影原著並不是小說，是作者十多年此地居留的回憶錄。

隔年去了以色列，在一次偶然交談中，我的耶路撒冷導

他來自波希米亞

遊知道我去過奈洛比，眼神發亮問我去參觀過《遠離非洲》作者故居嗎？一定知道作者凱倫當年離開非洲時，丈夫咖啡莊園破產、情人墜機死亡、40幾歲的她敗退回到故鄉丹麥，一無所有，為了生存只好提筆寫書餬口吧？

凱倫寫完肯亞17年生命回憶的《遠離非洲》時已經50歲了，破產，離了婚，兩次懷孕都流掉，身體正為汞中毒所苦，出版時為自己取了一個男性的名字——伊薩克。

我那時才知道，伊薩克（Isak）是希伯來語，意思是笑。

海明威獲頒諾貝爾文學獎時，他說：如果委員會把這次文學獎頒給美麗的伊薩克小姐，我會更高興。

已經是30年前的電影了，30年前大概是書店裡還賣得出幾本詩集的年代，因此才能拍出抒情詩一般節奏和韻味的電影。配樂好聽。

勞伯・瑞福駕著一戰時期的黃飛機，飛越一片綠的非洲草原，飛越湯普森瀑布、東非大裂谷、遷徙奔跑中的牛羚群、驚人的紅鶴飛舞，年輕的梅利・史翠普被愛情充滿，伸出手來，與愛人相握。

我在2006那年的 Lake Nakuru，親眼看見過萬千的紅鶴佈滿整個湖面。如今，Lake Nakuru 的紅鶴群已不復見。

走到世界的盡頭

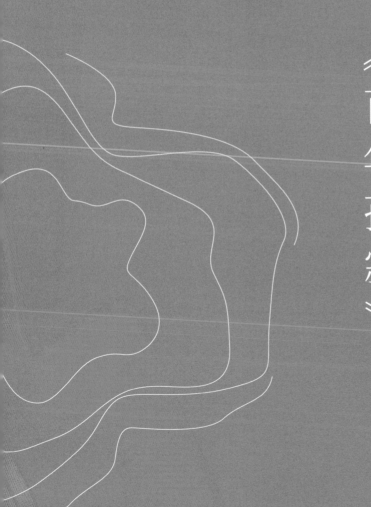

《百年孤寂》

被沼澤和水環繞的馬康多　　　　　　　繪者：多多

百年孤寂

　　阿根廷時間凌晨 00:10，船停泊在烏蘇懷亞（Ushuaia）
港口，我們等待明天中午返回布宜諾斯艾利斯的飛機，今晚
是 16 天南極之旅船上住宿的最後一晚，我睡不著，穿著厚外
套戴上棉手套和毛帽，跟檢查站守衛確認了艙房門卡，接著
尾隨熟識多日的船員進到港口海關樓廈的大廳，滑開手機，
試了幾處角落，終於連上訊號微弱的 WiFi 網路，但是找不到
可以坐下的座位，來自世界各地的水手們把這個大廳空間塞
滿了，冷冷靜靜，沒有人交談，每個人都默默無語低頭滑著
自個兒的手機，臉上映照著手機螢幕的微光。寂寞的微光。

　　烏蘇懷亞是人類所居住最南端的城市，世界的盡頭，此
時從海關大樓的窗戶可以回望我們的船，遠遠地我看見我們

的船睡了，睡在無波無浪無夢無覺的港灣，我想起，有一年在納米比亞的紅沙漠裡，夜半時分飯店斷了電也停了所有文明的燈光，我冒險出了飯店大門獨自一人走進沙漠，仰望燦爛無可比擬的星空，天地之間，我看見萬物都睡了，喜悅的極限，原來是寂寞。聽見在冷冽空氣之中，自己的呼吸如同沙漠的鼾聲一樣低頻而規律。

　　人生是一趟旅程，人在年輕時總有一些追尋。世界是一本書，不旅行的人只翻開了第一頁，我把旅行當成志業，畢業後第一家上班的旅行社，正好業務部主管有一間沒有家具的空房要出租，馬來西亞跟團實習回國當晚，深夜我騎著豪邁125機車載著所有家當搬進大直舊公寓時已經是隔日的凌晨。搖搖顫顫地走上陰陰暗暗的四樓階梯，打開所有電源開關，才發現居然只有一盞小燈會亮，不知道是怕鬼還是怕寂寞，把睡袋、電扇、草席和背包先丟一邊，接上CD隨身聽，小喇叭傳出《記憶哈瓦那》電影原聲帶歡樂的旋律，古巴男歌手沈厚的嗓音在一個沒有任何家具，只有暗暗小燈的三、四十坪大的空屋子裡繚繞。孤獨國若有邊界，我那晚在邊界上失眠。那一年也沒有放棄繼續升學的念頭，在關渡的藝術學院修戲劇學分班，記得第一堂課，鍾明德老師傳下一張紙

條給我們：

追尋自我就是我們這一行的權利和首要責任。
——葛羅・托斯基（Jerzy Grotowski）。

　　阿根廷時間凌晨 00:10，我臉上映照著手機螢幕的微光，這些年去到了海明威的巴黎，喬伊斯的都柏林，赫拉巴爾的布拉格，克莉絲蒂的伊斯坦堡，明天要返回波赫士的布宜諾斯艾利斯。文學是一座城市的溫柔，放在記憶酒窖裡收藏。可惜少了馬奎斯，他是拉丁美洲的哥倫比亞人，但他的城市究竟是哪一個？其實我也感到迷惑，是波哥大、阿拉卡塔卡、墨西哥城，或者馬康多？

　　人到了中年，有時有一種奇幻但深刻的感受，覺得好像人越老，過去的人生反而越清晰，好像現在的活著，每一天並不是通向新的未來，中年是過了折返點，每一天是回鄉的路上，似曾相識，道路兩旁是少小離家時那經歷過而輕易忽視的舊景舊物，追尋原來不是向前，而是往後走。

　　「許多年後，當邦迪亞上校面對行刑槍隊時，他便會想

起父親帶他去找冰塊的那個遙遠的下午。那時馬康多是個二十戶人家的小村子，房屋沿河岸建起，澄清的河水在光潔的石頭上流瀉，河床上那些白而大的石塊像史前時代怪獸的巨蛋。」

手機螢幕的微光，寂寞的微光。也許人的一生並不是一趟旅程，只是一晚港口的停泊，某個深夜機場的轉機，孤寂長夜，一百年的等候。

後來馬康多開始下雨，雨一連下了 4 年 11 個月 2 天。人們關於馬康多的記憶，都是潮濕的記憶。《百年孤寂》是賈西亞·馬奎斯醞釀了 20 年、閉關 18 個月寫成的魔幻寫實小說，講述邦迪亞六代家族與馬康多小鎮的故事：這一家系的第一個祖先被綁在樹上，最後一個子孫被螞蟻吃掉。《百年孤寂》也透過作者的苦心經營，創造出數十個不同角色的孤寂樣態，小說中有易家蘭活了百歲老年人將死未死的歲月孤寂，有亞馬蘭坦製作壽衣縫縫拆拆的生命徒勞，有邦迪亞上校打過 32 次內戰後對國家價值的頹然失望，透過各種不同主角的孤寂原型，讓我們在映照中發現相似的自己。

我曾經在讀完《百年孤寂》最後一頁時，暗暗立誓，這輩子無論如何一定要親自踏上拉丁美洲，去尋找小說中那個下雨下不停的馬康多，魔幻寫實的文字魅力所在，就在於讓人在閱讀中感到既虛幻又真實。人的一輩子大概也只有一次和《百年孤寂》相遇的機緣，就像一生僅會有「一次的初戀」一樣，我第一次讀的是楊耐冬的中文譯本，從此以後書中的某些句子就成了永恆的雕刻，成了有著格律韻腳的唐詩宋詞，再讀其他翻譯版本都覺得味道盡失，我有時甚至會在新買來的筆記本隨手寫上幾行小說的句子：

　　「這是個嶄新的新天地，許多東西都還沒有命名，想要述說還得用手去指。」、「那空氣靜得可以從筆尖刮紙的聲音聽出是誰的名字」、「他越過一處黃色的平原，那兒連一個人在想什麼都會發出回音。」……

　　這本小說在 1967 年出版，從此以後世上多了一種說故事的方式，幾乎已成為了全世界小說家人手一本的寫作聖經，向《百年孤寂》模仿、致敬的作品數也數不清，你可以隨意在任何一本小說裡看見馬奎斯魔幻的影子，智利詩人聶魯達

稱讚這本小說是塞萬提斯之後，世上最偉大的西班牙語作品，莫言多次在演講中提到馬奎斯對他作品的影響，吳明益的小說《天橋上的魔術師》，翻開書的第一頁，你就會看見他引用了馬奎斯的這句話：

「我真正想當的是魔術師，但我變魔術的時候會很緊張，只好避難於文學的孤獨中。」

於是，吳明益從曾經真實存在過的中華商場，為我們變出了不可能的魔幻的第九十九樓。

讀過宗薩欽哲仁波切的一段話，印象深刻：「我看到的花，你永遠看不到，所以我們無法分享真正的花，我們只能假裝我們在分享，而這是非常孤獨的。我永遠不能和你分享我正經歷的。我所經歷的，只有我能經歷。」同樣的，每一個人看過《百年孤寂》的感受，往往難以和他人分享，因為你在書中所看到的花，花中映照的是自身，可能別人永遠也看不到。

文學魔術大師馬奎斯，用一支筆為全世界的讀者變出了一百朵花，他說每篇好小說都是這個世界的一個謎，難怪

《百年孤寂》在一開頭就讓我們都為之目眩神迷，他創造出了迷宮中的迷宮，模糊中的模糊，這種魔幻的奇異感受不僅僅來自於詩意的文字、迷離的情節，更來自於「時間感」的刻意營造，你經常看見他在一個小說段落的起始，使用的時間交代方式是：「許多年後」，而不使用童話故事中常見的敘事慣例：「在好久好久以前」，這是馬奎斯著名的文字魔術手法。一般的模糊，是利用空間距離創造出美感，時間上的模糊如何創造呢？

　　馬奎斯在自傳《活著是為了說故事》中自言，生命不只是一個人活過的歲月而已，而是他用什麼方法記住它，又如何將它訴說出來。翻開《百年孤寂》第一頁第一句話，我們來看馬奎斯如何說故事，如何在一個句子裡創造出三層時間的疊合：

　　「許多年後，當邦迪亞上校面對行刑槍隊時，他便會想起他父親帶他去找冰塊的那個遙遠的下午。」

　　第一層時間如下：邦迪亞上校的父親帶他去找冰塊的那個下午。

這是一般作文要求的標準寫實筆法，可以歸屬在報導文學的類別。

雙層時間的技巧：當邦迪亞上校面對行刑槍隊時，他便會想起他父親帶他去找冰塊的那個下午。

在這個當下，敘述主角回憶起一段陳年往事，這樣懷舊寫法，在散文裡、小說裡經常可見。

三層時間的疊合：許多年後，當邦迪亞上校面對行刑槍隊時，他想起父親帶他去找冰塊的那個下午。

童話故事的開頭，使用「好久好久以前」直接定出一個敘事的時間點，宣告故事就從「這個時間點」開始。馬奎斯在小說第一頁第一句用的開頭卻是「許多年後」，使用一個過去式，一個才剛開始就已經逝去的時間。

就是透過這樣一層又一層時間的疊合，一個又一個相似的主角名字，一段又一段彷彿已經發生過的情節，我們陷入了馬奎斯魔幻而瑰麗的小說世界裡，然而不可思議的是，我們卻在文字之中讀不到繁華……

《百年孤寂》的西班牙原文是 Cien años de soledad，soledad 的意思是寂寞的情境也是孤獨的存在，各種版本的中

文都翻譯為「孤寂」，馬奎斯自己的定義是，孤寂就是支持、同情跟團結的反面，他藉由小說書寫拉丁美洲百年來內戰不斷、苦難不斷的歷史，每個人都失去支持，失去了同情，無法團結。

非洲烏干達鄉間某處

2 馬奎斯的魔幻寫實

在路上，非洲烏干達某處鄉間。

導遊收起手機後，繃著臉湊近我耳邊低語：昨日才離開的首都康帕拉（Kampala）槍擊衝突，已有六人死亡，大選進入最後倒數幾天，現任總統執政在位 30 年，民心思變，未來狀況不明。一時間我不知道如何回應，眼前一片祥和的鄉村景象，會是風雨來前的寧靜？正猶豫的時候，我拿起了相機，透過車子擋風玻璃拍下這張照片。

風塵僕僕，路途遙遙，不知終點何處。

馬康多是虛構還是真實的地方？哥倫比亞地圖上是否找得到這個小鎮？馬康多的第一次出現，是出現在馬奎斯的短篇小說《枯枝敗葉》中，他在自傳裡也說明了這個名字，就來自於故鄉阿拉卡塔卡（Aracataca）小鎮附近的一處香蕉園。但是長久以來，全世界的讀者往往直接把阿拉卡塔卡當成了馬康多，據說當地居民曾經為此舉辦過公投，想把小鎮正式改名為：阿拉卡塔卡—馬康多。

　　許多年後，當我踏上了拉丁美洲這塊大陸，走過了大陸上的許多國家和城市，就算沒去過阿拉卡塔卡，我依然會想起那個下雨下不停的馬康多。

　　從歷史中讀了許多殖民與被殖民的戰亂、流血、背叛、死亡，我也終於進一步讀懂了馬奎斯的「魔幻寫實」，魔幻寫實的根基不是作家充滿像力和技巧的文字「魔幻」，而是來自於拉丁美洲戰火不斷、命運多舛的歷史「寫實」。

　　簡稱拉美的拉丁美洲，泛指以西班牙語、葡萄牙語等拉丁語為主的美洲區域，地理範圍包含了從墨西哥以南的中南美洲國家，在後哥倫布時期，拉丁美洲的殖民地發展漸漸脫離了歐洲母國，也超越了實質上的地理意義而自成一體，擁有共通的文化和歷史命運。馬奎斯出生的哥倫比亞，是拉丁

美洲的第三大國，國家名字雖然來自於對航海家哥倫布的紀念，但是哥倫布這個殖民統治者的威權象徵同時也成為了一種的嘲諷，一種矛與盾的雙面存在。

哥倫比亞從 1810 年起爆發獨立運動，一度與厄瓜多、委內瑞拉、巴拿馬共組成大哥倫比亞共和國，然而不久之後又因內部爭端而分裂解體，中間歷經了 100 年多年的混亂和內戰，不斷地分裂，不斷地重組，不斷地戰爭，境內有自由黨、保守黨等不同的政治勢力相互傾軋，境外有錯綜複雜的國際強權進出干擾，最近的一輪停火談判是 2016 年，哥倫比亞政府與哥倫比亞革命軍終於在古巴首都哈瓦那坐了下來，雙方簽署了和平協議，但誰也無法擔保這樣的和平可以維繫多久。

《百年孤寂》中出現的 16 世紀古城里奧哈洽和一艘被遺棄在內陸的三桅大帆船，暗喻這是一部虛構的邦迪亞六代家族史，同時也是一部大航海時代後的拉丁美洲史，唯有先理解了拉丁美洲，才有辦法進入《百年孤寂》的內在世界。馬奎斯出生在哥倫比亞，但他不是狹義的哥倫比亞作家，他是廣義的拉丁美洲作家。楊照在《馬奎斯和他的百年孤寂》中說：「拉丁美洲不是一個地理名詞，而是擁有遠超過地理意義的文化單位，拉丁美洲具有一種超越個別國家的統一性，

源自於殖民歷史與語言因素的統一性，共同的語言使得拉丁美洲的知識分子可以彼此了解，進而互相幫忙，建立認同。」

小說的結局，預言馬康多：

「這個鏡花水月的城鎮將會被風掃滅，並從人類的記憶中消失，而書中所寫的一切，從遠古到與永遠，將不會重演，因為這百年孤寂的家族被判定在地球上是沒有第二次機會的。」

這是馬奎斯的歷史哀傷。也是馬奎斯的文學溫柔，他希望這樣的苦難將不會在人類歷史中再度重演。

多難的哥倫比亞，多難的拉丁美洲。多難的世界。

許多年後，我也想起 2011 年我在黎巴嫩和敘利亞，那時是開羅革命之後，阿勒坡戰亂之前，一個來自台灣觀光旅遊團的領隊，短暫停留不到 10 日，進出是觀光景點、歷史遺址、遊覽巴士、五星飯店，能夠奢望理解這個國家多少呢？然而只要親身拜訪過一座城市，哪怕是再匆促、再陌生，思念，總是在旅程結束後才開始。離開敘利亞之後，對於這片土地

的關心終究是不一樣的份量了。

又過了幾年，重訪約旦，我們在南部的華語助理是大陸回族年輕人阿里，他在 2011 年 2 月進入大馬士革大學，時間恰好就在我離境後的一個星期。他說，大馬士革其實在內戰的前 2 年都還算平靜，局勢演變到不可收拾時已經是 2014 年了，直到那時他才被迫通過邊界，進入避難之地約旦。他搖頭，不明白為什麼世界幾十億人，對於這片土地上 2,000 萬人國破家亡的苦痛如此遲鈍，冷眼旁觀。我無以回應，我去過的非洲國家盧安達，在 1994 年的種族衝突 100 天期間，在一樣的冷眼之下，100 萬人被屠殺。

旅行是走進世界，走進歷史，走進別人的故事。旅程結束後，這些世界角落的故事，也就成了你生命的一部分，鞋底有了土地的泥，心底有了更深的感情。

魔幻寫實文學的根基除了來自於真實歷史的底蘊，也來自於創作者個人文字技能的錘鍊。法律系畢業、記者出身的馬奎斯，寫實文章的文字基本訓練非常扎實，魔幻寫實的基本功力也來自於這一份扎實。學生時代的我看畢卡索的立體

畫，總覺得跟小孩子塗鴉一樣亂畫一通，後來到了西班牙巴賽隆納參觀畢卡索博物館，看了他許多青少年的畫作才感到驚嘆，原來一個大師的早期作品，寫實功力可以成熟到那樣子的程度。

賈西亞‧馬奎斯 1927 年出生，哥倫比亞的波哥大大學法律系畢業。曾經擔任世界報、先鋒報的記者和主筆，1961 年移居墨西哥，馬奎斯八歲以前跟外祖父母住在一起，他的童年經歷是一切故事的源頭。外祖父是一位退休上校，為哥倫比亞這個國家打了許多場戰爭，小說中的邦迪亞上校就是以外祖父為原型。外祖父退休後，一直在等待政府所承諾過的一筆豐厚退休金，每日等待，每日失望，隔日起床後再問，今日是否有信呢？就這樣等待了許多年，直到孤寂老死。馬奎斯在《百年孤寂》之前所寫的小說《沒有人寫信給上校》，就是外祖父的故事。

在《百年孤寂》裡，邦迪亞上校打了 32 次的內戰，一下子是保守黨一下子是自由黨，打到最後上校已經不知道是為誰而戰、為何而戰了，有一回又要打仗了，旁邊的士官問他：「上校，這次我們要跟誰打？」邦迪亞上校回答，最北從阿拉斯加，最南到烏蘇懷亞，整個美洲的執政黨都是我的對象，

似乎意有所指，比喻在這塊土地上的政權都是扮演欺壓的角色，才使得國家內戰不斷，這是一個荒謬的世界，任何軍政府隨時都有可能叛變，變成了執政黨之後隨時來到你家，向你宣誓新政府的權利。

影響馬奎斯最重要的不是外祖父的形象，這本小說之所以會如此令人著魔，其實是跟外祖母有關。馬奎斯多次提及這一位裝神疑鬼的外祖母，總喜歡在他小時候講「鬼故事」給他聽：昨天晚上從巷口回家的時候，有遇到死去的那位姨婆嗎？被嚇大的馬奎斯，過了一個鬼影幢幢的童年生活。

拉丁美洲另一位重量級的秘魯作家尤薩（Mario Vargas Llosa）說，這本小說就是一本解構神話的聖經：「這是一個弒神的故事，解構神話，用神話的奇幻批評日常生活的真實。」《百年孤寂》的故事一共有 20 篇，但小說中都沒有篇名，如果第一篇、第二篇要有名字的話，用舊約聖經來看，第一篇就是建立馬康多的創世紀，而第二篇是回溯過往的出埃及記：第一代祖先老邦迪亞帶著易家蘭，還有家鄉的勇士們，離開那個封閉偏僻鄉野村莊的舊居之地，經過 26 個月的長征，尋找邦迪亞家族真正的故鄉。

為什麼馬奎斯的小說總是有這麼多的魔幻情節？除了童

年受到外祖母的影響，尤薩分析解釋，在地理大發現的時代，不論是征服阿茲特克帝國的科爾特斯，或者環遊世界的麥哲倫，在隨從書記人員的筆記本中總是會看到千奇百怪的描述，比如：豬的肚臍長在背部，鳥沒有腳掌，母鳥會趴在公鳥身上孵蛋。

　　「這是個嶄新的新天地，許多東西都還沒有命名，想要述說還得用手去指。」在偉大時代的歷史文獻紀錄裡，居然充滿了這麼多荒誕不經的細節，既然如此，那麼虛構小說裡應該更要留下一些對真實時代的嘲諷吧。魔幻寫實的文字於是這樣起飛。

南極大陸上的白眉企鵝

虛構與真實之間

　　南風強襲，風速最高每小時122公里，十級浪，海面上滿佈著數不清看不盡的大小浮冰，在海霧之中隱約透出神秘的藍光，猶如外太空景色的南極半島，我們此時進入的難道是小隕石群？

　　船被強風壓著頭斜斜地前行，我扶著牆壁才能走回房間，船長廣播，為了安全通過葛拉斯水道，底樓層甲板和艦橋都暫時關閉，簡直是魔幻寫實的小說情節。

　　飄下鵝毛一般的大雪了，藍天卻也在此時撥開雲層突然出現，從船尾方向看過去，海天相接之處則是呈現一抹橘黃，是晨曦還是夕陽？南緯40度

以南無法律，南緯 50 度以南無上帝，南緯 60 度以南無日落。南極沒有晨昏，南極只有永恆的光。

因為燒傷一隻手綁著黑繃帶的亞瑪蘭塔，對姪子約賽產生了不倫的慾望，馬奎斯描寫同床共眠的姪子約賽，如此感受著亞瑪蘭塔的試探動作：「他假裝睡著了，換個睡姿，使能更方便她撫摸，而後他感覺那隻沒有纏黑繃帶的手，像盲目的貝類潛入海藻中，探出了他的焦慮。」當邦迪亞家族的最後一個子孫即將被螞蟻吃掉時，馬奎斯這樣形容：「這時一陣風吹起，是新起的風，很暖和，充滿往日的音籟，古天竺葵的呢喃，比鄉愁更濃重的幻滅嘆息。」

《百年孤寂》尤其讓我無法忘懷的一段文字情節寫在第七章，那是易家蘭的大兒子亞克迪奧之死，也就是老邦迪亞的長子之死。曾經說過，每篇好小說都是這世界的一個謎的馬奎斯，他在這個事件展開之前先寫了一句：這大概是馬康多唯一解不開的謎。

理應為家族傳宗接代的長子亞克迪奧，人在外面被一顆突如其來的子彈打死了，他要用鮮血來通知家裡的母親易家蘭這個死訊，小說裡是這樣子寫的：

「當時的情形是這樣的，當亞克迪奧關上臥室的門，射擊手槍的聲音即在室內迴響。一道鮮血從門下流出來，流過起居室，流往街上去，成直線流過凹凸不平的巷道，流下台階，爬上馬路邊緣，沿著土耳其街，成直角轉向，再向左轉，又成直角流向邦迪亞家，從緊封的門流進家中，越過客廳，沿著牆壁卻不沾染地毯繼續往另一間起居室流去，繞個大圈，不曾沾污餐桌，再沿著植有秋海棠的走廊，從亞馬蘭塔的椅子底下流過，卻未被看見，這時亞瑪蘭塔在教約塞算術，再流經餐具室，進入廚房，易家蘭在廚房裡，正準備打 36 個雞蛋來做雞蛋麵包。」

　　36 個雞蛋是文字關鍵，表示一種具象和寫實。依據記者的報導文學寫法，當確定雞蛋是 36 個，就必須明明白白地揭露這個數字，給人「虛構的」真實感。

　　「聖母啊！」易家蘭大叫。「她順著血跡往回走，尋找源頭。她沿著餐具室的血跡，往植有秋海棠的走廊前行，約塞在那兒念著三加三等於六，六加三等於九；她再順著血跡穿越過餐室和起居室，直往街上去；她先是向右轉，而後左

轉向土耳其街，忘了她自己尚穿著烘烤麵包時穿的圍裙和居家的拖鞋；她來到了廣場，走進那間她從未來過的房屋，她推開臥室的門，幾乎被燒過的火藥味嗆死。她發現亞克迪奧面向下躺在地上，身子壓在他脫下的一堆綁腿布上。她看見他流出血來的右耳，已經不再流血了。」

易家蘭一看到血，什麼多餘的訊息都不用再交代，她大叫一聲聖母啊，接著就順著血跡往回走，沿著血的來時之路，先是向右轉，而後左轉向土耳其街，最後推開了門，幾乎被剛剛燒過的火藥味嗆死，彷彿殺她兒子的那顆子彈才剛剛擊發，火藥味停留在空氣之中還沒有散開。

亞克迪奧的臉不用朝上，易家蘭就知道那是她的兒子，當時他身子還壓在一堆綁腳布上，表示兒子回家時正在脫下他的鞋，綁腿布脫到一半時被暗殺，而血是從右耳流出去的，不是左耳。情節的簡明，細節的揭露，文字速度的緊張感，意象連綿宛如一鏡到底的電影運鏡，馬奎斯的魔幻寫實技巧之華麗，實在是令人嘆為觀止。

越是喧騰熱鬧，越是孤單寂寞，馬奎斯的文字是一塊魔鏡，以死亡映照出生，以繁華映照孤寂。他要隱喻的是拉丁

美洲歷史，還是哥倫比亞內戰？是外祖父的漫長等待，還是外祖母的夜半鬼魅？一部偉大的文學經典，作品自身就是一個完整的本體象徵。《百年孤寂》幫助我們藉由閱讀，穿越魔幻文字迷宮，拓展了知識的疆界，也重新整理了自己。

座頭鯨與夕陽的光

4

此時此刻的孤寂

　　黃刀鎮在北緯 60 度以北，還不到北極圈，人口二萬，山林地底深處發現有蘊藏豐富的鑽石礦。

　　我喜歡小鎮周圍，藏身在樹林裡大大小小的湖，當地人說今年冬天來得特別早，如今湖面已經是凍結的一層冰了，北方之國，一片荒涼，陽光也是冷的，有時會遇見一隻黃尾狐狸在林子遠方盯住你，大地寂靜到你鞋底踩在冰上每走一步小心翼翼的碰裂聲響都可以聽見，必必剝剝，自己心驚，也怕傳到了狐狸耳朵裡去。

　　離岸四五步，不敢走深，也不敢走遠，履及薄冰。人生上一次如此小心翼翼的場景，是在什麼時

候了呢？我記得，是在初次年輕而心動的愛情裡了。

　　愛情是一隻遠行的座頭鯨。

　　我想念你，南緯 60 度以南，在南極圈邊緣，日不落下的深夜 11 點，遇見你突然在船頭出現，我放棄了黃昏的雲與冰山，知道拱起了背鰭，接著就是深潛前的告別，你高高舉起鯨的平行翼，氣溫接近零，世界的盡頭安靜極了，此時沿著尾鰭流洩入海的水聲清晰可辯。

　　我想念你，想念那位深潛遠行的自己。

　　阿根廷時間凌晨 00:10，大廳塞滿了世界各地的水手，烏蘇懷亞，世界的盡頭，冷冷靜靜，沒有人交談。
　　雨一連下了 4 年 1 個月 2 天。人們關於馬康多的記憶，都是潮濕的記憶。我想起曾經的年少寂寞和追尋，應該是唸大一時寫的詩句，如今已經記不完全。

「如果有船，我便要解纜憂愁
把寂寞搖蕩出去，去淋溼這場雨

雨滴圍城
古城已空，牆已老
只剩下疲倦的燕子
熄燈手忘記夕陽
帆也已遺忘了回去的路……
放左腳的涼鞋，流去當船
在雨中，在每一個渡頭都停留
都詢問：

我找一個人
那個人是我
請問有誰？
知道他的下落」

　　六代家族的故事寫到最後，倭良諾去翻吉卜賽人留下來的遺稿預言，發現家族的故事早就被寫在裡面了，當他看完

遺稿之後，一切也就隨風而逝，所有馬康多發生過的故事有如鏡花水月、南柯一夢。

　　蔣勳說，孤獨是生命圓滿的開始，沒有與自己獨處的經驗，不會懂得和別人相處。馬奎斯有一本小說《愛在瘟疫蔓延時》，我買了一段時間了，但還沒看完。烏蘇懷亞絕對不容錯過的當地料理是帝王蟹，我想起有一次晚餐在台北金華街吃日本料理，跟師傅聊天時，我問他，為什麼你總會勸我喝口茶，關心我小碟上的薑片夠不夠？師傅笑了笑，他說：「在兩道魚鮨之間，以醋薑清洗味覺，喝口熱茶，方能真正曉得下一片筷子夾起的魚的滋味。」

　　也許人的一生並不是一趟旅程，沒有百年歲月，只是一頓晚餐的光景，在去年和來年之間，此刻瘟疫蔓延的當下是料理中的泡醋薑片，讓我們清洗自覺，緩一緩自己，靜待接下來的人生。

耶路撒冷岩石圓頂寺　　　　　　　　　　　繪者：多多

　　傳統的耶路撒冷朝聖之旅有幾種不同走法，我所走過最
艱難的一次經驗是黎巴嫩、敘利亞、約旦、以色列四國路線。

　　進入耶路撒冷後更是辛苦，你可能會遇到猶太教節日、
伊斯蘭教節日、天主教節日、東正教節日、科普特教會節日，
或者亞美尼亞教會節日。或者突然之間，以色列和巴勒斯坦
又有新一波政治糾紛，新一波宗教衝突。你必須隨機應變，
如果大馬士革門不能進去耶路撒冷舊城，你得當機立斷，馬
上叫司機繞過半座城牆，改從雅法門去逼近埋葬耶穌的聖墓
教堂。

　　守戒律的猶太人，在安息日要休息，不能作工，包括生
火、點燈、按電氣開關都禁止。於是每間飯店至少都會有一

台安息日電梯。想像一下，你的房間在 21 樓，剛剛在 B2 吃完晚餐，走進電梯時發現怎麼樓層按鈕全失效了，正要走出電梯門卻自己關上了。然後，B1-LG-1-2-3……，每一層樓，門緩緩打開，停止不動，再緩緩關上。

記得那一年，茉莉花革命之火，已經從北非突尼西亞蔓延到了中東地區，我們一路上默默祈禱，最後一站終於順利進入哭牆（西牆），也登上了聖殿山。藍色天空，萬里無雲。上帝的陽光，不言不語，一整片灑在岩石圓頂寺之上。

猶太人說，先祖亞伯拉罕獻祭以撒的摩利亞山就是這裡，此地也是所羅門王聖殿至聖所中放置約櫃的所在，約櫃裡有兩塊石版，那是耶和華交給摩西的十誡。穆斯林說，先知穆罕默德在世時所行的唯一神蹟，「夜行登霄」之處就在岩石圓頂寺之內。

聖殿山下方，第一世紀的羅馬帝國大道，今日已經被考古學家挖掘出來了，基督徒說，那肯定是耶穌帶領門徒曾經走過的街道。

在《耶路撒冷三千年》這本書中，作者賽門‧蒙提費歐里如此形容這一座城市：

世界若有十分美，九分在耶路撒冷；世界若有十分哀愁，九分也在耶路撒冷。耶路撒冷是一神的殿堂，兩個民族的首都，三個宗教的聖地，更是唯一擁有「天堂」與「人間」兩種存在的城市。

　　若要更深入了解以色列的宗教和文化，我也推薦可以讀西蒙・夏瑪的《猶太人》，他在書中探詢猶太民族悠長的歷史源頭，敘述羅馬帝國攻陷耶路撒冷後的大離散，也不時提出令人信服的高明見解，比如，討論歐洲希臘文明和猶太文明的根本差異時，他說：

　　古希臘人和古希伯來人就好像油和水，他們以各自的方式「令人敬畏」，兩者「令人敬佩」卻不能混合。希臘人追求的是自我實現，而猶太人則為自我征服而掙扎奮鬥。「要順從」在猶太教中是無尚的命令，而「坦誠面對你的本性」對希臘人是最重要的。

　　希臘哲學預先假定存在著可被發現的普世真理，猶太人則認為這種封閉文化中的智慧是私人寶藏。

　　根據宇宙和諧原則建立的希臘神廟，是為了把人吸引過

來，而耶路撒冷聖殿則是禁止「外邦人」進入的。希臘的雕像和紀念碑，旨在當建造它們的城邦消失後仍能留存與此；而以色列人的《妥拉》則意味著要比他們的建築物流傳更久遠。

如果你是在古典傳統薰陶下長大的，你就會認為歐洲是在打敗波斯人的入侵後才有了自己的歷史，希羅多德就是這樣描述的。如果你是作為一個猶太人長大的，你會希望波斯人獲勝，因為他們畢竟曾是耶路撒冷的重建者。以斯帖曾經是波斯人的王后——他們能有多壞呢？

我喜歡讀書，也一直在旅行的路上。我始終覺得，旅行是文本的重現、延伸、解構與再造，親臨過書中故事的真實空間現場，才會發現原來所謂的「現場」其實就是一座心靈「劇場」。等到旅途歸來，再翻開同一本書、讀同一頁的文字，字裡行間彷彿是剛剛走過的明巷暗弄，看故事的你，從此成為書中的人。

我們最稀缺的是時間，最奢侈的也是時間。

世紀肺炎疫情的影響，有很長一段日子沒有辦法出國旅行，二十多年來每年有四個月左右在世界各國遊走的我，因

而增加了不少的「台灣時間」，更難能可貴的是我的台灣時間居然是連續性的，不會被中斷，知覺到這樣的時間狀態時，我有一種奢侈的喜悅。

可以陪媽媽過年，可以陪兩個女兒度過完整的暑假，名字被排入家中洗碗輪班表，規劃了書和旅行的系列講座，也答應了大學兼職教學的一門課。有一回，受邀到觀光系演講，細心的教授事前特地傳訊提醒我，這是一堂壯遊與文化體驗的課程：

「……他們要自己規劃行程，然後自己做深度的體驗跟壯遊的內容，包含當地的一些深度的學習。那您的部分，可以是一般旅遊規劃應該注意的事情，或者分享旅遊體驗就可以了。」

分享注意事項、旅遊體驗的議題很容易，不過既然提到了「壯遊」，我想試著帶領同學們進一步去思考的是——什麼是你旅行的內在驅動力？什麼是旅行？

年歲漸長，漂流居停，有了一些體會，一些感悟，於是我打開電腦寫了封信，送給這堂課的同學。現在，我也把這封信，分享給正在讀這本書的你。

寫給旅人的一封信：

　　旅行一開始是往地圖上目的地前進，為了印證出發前的想像和期待，結束在滿意、驚嘆、錯愕或者失落的終局。綠水青山，總是豐富人生的收藏。

　　旅行是玩樂。放縱無罪，享受有理。在旋轉木馬一樣的日常生活之中轉久了，有誰不需要停一下，犒賞自己，暫時逃離？離開，喘口氣，向外走兩步，於是人開始旅行。想要擺脫枯萎蒼白朝九晚六的自己，欲念是如此強烈，因此人們會選擇新奇，冀望陌生的世界某個國度可以撫慰焦乾的心靈，人們會追逐吃喝享樂，哪裡好玩我就哪裡去，拍照打卡，彷彿也是一種朝聖儀式的完成。

　　無關享樂的旅行也是有的，移動，單純只為了圓夢。詩人戴望舒的《雨巷》名句：「撐著油紙傘，獨自彷徨在悠長，悠長又寂寥的雨巷，我希望逢著一個丁香一樣的結著愁怨的姑娘。」夢見伊瓜蘇瀑布夢見撒哈拉沙漠的人，再苦再遠再累都要去，實踐夢想的旅行，非常接近信仰，幾乎等於愛情。

還有一種旅行，無關享受也無關愛情，是自我流放。流這個字有被動的意思，隨波逐流，放則是一種完全的自覺，所謂旅者無懼，行者無疆。我在肯亞草原和南極大陸，感受過人在流放之中天地孤獨的況味。

　　人漸漸有了歲月，就不容易再一心追逐世間的風景。世界是一本讀不完的書，讀兩頁或讀二十頁，究竟又有什麼差別？此刻的我們，目的地是哪裡似乎不太重要了，更在乎的是一起旅行的人。

　　等到有一天，我們都老了，孩子都離開了，再去一次京都或巴黎，旅行是為了回憶年少的自己。

　　認真旅行的人，也一定是認真生活的人。每一段勇敢前進的人生，就是一趟不悔的壯遊。

　　讀萬卷書，行萬里路。詹宏志說，我們誕生之際時空已定，這個人生也就跟著「註定」，還有什麼方式能讓我們擴大實體世界與抽象世界的參與？在我看起來，也許只有「旅行」與「讀書」能讓我們擁有超過一個「人生」。

這本小書，是 Domingo 從近年來線上說書導讀、閱讀旅行系列演講中，特別挑選出最動人的 6 本文學經典，也收錄了他前半生旅行路上的短文遊記和幾幅攝影。

　　寫書的過程，他也邀請兩位就讀國小的女兒一起讀文學，用她們喜愛的畫畫方式參與了這本書的創作。Domingo 常說，往往不是我們在教養小孩，而是小孩在改變我們的生命成分。

玩藝 114
無限長的旅行：在路上與文學重新相遇

作　　者—林瑞昌 Domingo
封面設計—水青子
內頁設計—菩薩蠻數位文化有限公司
內頁攝影—Domingo
內頁繪者—林曉芃、林曉桐
文字協力—秦雅如
責任編輯—王苹儒、周湘琦
行銷企劃—吳孟蓉
副總編輯—呂增娣
總 編 輯—周湘琦

董 事 長—趙政岷
出 版 者—時報文化出版企業股份有限公司
　　　　　108019 台北市和平西路三段二四〇號七樓
　　　　　發行專線—（〇二）二三〇六六八四二
　　　　　讀者服務專線—〇八〇〇二三一七〇五
　　　　　　　　　　　（〇二）二三〇四七一〇三
　　　　　讀者服務傳真—（〇二）二三〇四六八五八
　　　　　郵撥—一九三四四七二四時報文化出版公司
　　　　　信箱—一〇八九九　臺北華江橋郵局第九九信箱
時報悅讀網—http://www.readingtimes.com.tw
電子郵件信箱—books@readingtimes.com.tw
法律顧問—理律法律事務所 陳長文律師、李念祖律師
印　　刷—金漾印刷有限公司
初版一刷—二〇二二年三月十八日
初版二刷—二〇二二年四月七日
定　　價—新台幣三八〇元
缺頁或破損的書，請寄回更換

時報文化出版公司成立於一九七五年，
並於一九九九年股票上櫃公開發行，於二〇〇八年脫離中時集團非屬旺中，
以「尊重智慧與創意的文化事業」為信念。

無限長的旅行：在路上與文學重新相遇/林瑞昌 Domingo
作. -- 初版. -- 台北市：時報文化出版企業股份有限公司,
2022.03
　面；　公分. -- (玩藝 114)
ISBN 978-626-335-103-5 (平裝)

863.55　　　　　　　　　　　111002185

Printed in Taiwan
ISBN：978-626-335-103-5